開心

衛斯理著

自序

誰都知道「開心」是什麼意思。「開心」的相反詞是「不開心」，若用上海話來說，似乎效果更突出：「勿開心。」

人生，開心的時候和勿開心的時候，大都由自己的心境來決定。你開心，就開心；你勿開心，就會勿開心——聽來像廢話，卻大有道理。別老是覺得勿開心，就開心了。

《開心》這個故事，說的是什麼，當然要看了才明白，三言兩語，說不明白的。

祝大家看了《開心》，開開心心。

倪匡

癸酉元宵
三藩市
月明影隻

目錄

（一）腳上繞金環的鷹

在我的各種稀奇古怪的經歷之中，有不少次，是和生命的形態有關的——我所指的，自然是高級生命的形態，在地球上，就以人為代表。

所以，應該說，那些經歷，都和人的生命形態有關。當然，人，也不單是地球人，還有異星人。

異星人的形態，理所當然，超乎想像之外，例如以前記述過的「紅人」，最近才發現的「氣體人」，都匪夷所思之至。

但是，像在《密碼》中記述的那個蛹狀的生命，在《還陽》之中的那個動物和植物胚胎的結合物，以及《第二種人》裡的循植物生命形態進化而來的第二種人，卻又全是地球上的高級生命形態。

單是這一個現象，已是複雜無比，若是再觸及各種生命形態的更深一層，先探討靈魂方面的秘奧，那自然更加複雜了。

人的生命形態千奇百怪，一直是人類的傳說或神話中的主要課題。中外都一樣，中國的《山海經》中，不知記述了多少形態怪異的人。

希臘神話則更是怪人大全，甚至有三個女人合用一隻眼睛、一顆牙齒的怪物。年輕人和他的愛妻黑紗公主，且曾進入神話世界，和兇暴醜陋，頭上生角，腳下生蹄的「潘」打過交道！

這些和地球人形態截然不同的人，有理由相信他們曾在地球上出現過，也有理由相信他們是異星人。

至於何以這類形態怪異的人，近千年來少見了，猜想是異星人逐漸明白，要在地球上活動，最好在外型上別和地球人相差太遠。所以許多外星人就用各種方法，使他們的外型和地球人相同——甚至連製造出來的機械人，也和地球人一模一樣。本身是氣體的外星人，外型可以隨意變化，自然順理成章，變得和地球人一模一樣了。

閒話表過，卻說在《運氣》這個故事中，自從金兒和小仙雙雙消失之後，事情應該已告一段落了——當然還有許多懸而未決的疑問。但這些疑問，沒有確實的答案，只好各憑推測。例如金兒這個氣體人，何以竟選擇了大機構總裁秘書這樣的身分在地球上活動，就只好問他本人。找不到他本人，自然只好假設——假設可以有千百種，人人都可以進行。

只有一件事，則需要交待一下。那天，小郭忽然打電話來：「我去探訪李遠，有沒有興趣同行？」

我當然記得這個李遠，只是不明白小郭何以還會對這個妄想症患者有興趣，所以遲疑了一下。小郭嘆了一聲：「他的處境很可憐，此其一。我還想在他那裡多了解一下有關氣體人的情形，此其二。」

我的回答是：「你錯了，一個妄想症患者，每分每秒，都可以沉醉在妄想之中，你覺得他可憐，他可能正感到自己在做皇帝，而且他既然是一個妄想狂，當然也不能提供什麼正確的資料給你！」

小郭又嘆了一聲：「他患上妄想症，是受了大刺激才發生的。」

我沒有搭腔，小郭繼續說下去：「李遠之所以會神經錯亂，一來是由於工作的壓力——大機構中的競爭和傾軋，外人難以想像。二來，由於他知道妻子對他不忠，而他又極不願意離婚，形成了一股他難以負擔的心理壓力所造成的！」

我出言諷刺：「了不起，大偵探而兼大國手！」

小郭大聲道：「別損我了——這次，李遠有假期，到巴哈馬去度假，就竭力想兩夫妻一起去，可是他妻子堅決拒絕，這就使李遠在到了巴哈馬之後，妄想症突然大大發作。」

我的反應是：「我仍然看不出有什麼理由，要到瘋人院去看他。」

我一再拒絕，還有一個原因，是我極其討厭瘋人院這個地方，我認為那比死亡還要可怕，大多數的腦病，都無可救治，瘋人院就是地球人科學落後的明證。

可是小郭最後的一番話卻打動了我。他道：「我相信他在巴哈馬，在那大屋子之中，真有可能見過金兒、關夫人、總裁等人，這才編織了他的妄想！」

我明白他的意思：「你是說，見過和金兒、關夫人他們外形一樣的氣體人？」

小郭大聲道：「正是，所以，我想他有可能提供更多氣體人的資料——當然，要他情況比較正常的時候才有可能，他對你有信心，有你在場，比較好些。」

我對於奇詭莫測，難以想像的氣體人，自然也有極大的興趣，所以就答應了。

我們約在精神病醫院的大門口見面。

我比他先到。

我常說，世事很容易出人意料，完全不相干的事，可以引發另一件事。像李遠的妄想症，引出了氣體人金兒的事情，就是一個例子。

這時，又是一個例子。在醫院門口等小郭的時候，意料不到的事就發生了！事情是百分之一百的意外，而且特別之極。和李遠一點關係也沒有，可是偏偏若不是來看李遠，就絕不會遇上這事，而發生了這個故事。

對了，這個故事我定名為「開心」。

「開心」是什麼意思，連小孩子都知道。但當然不是這個意思，是不是指把心打開來看看呢？也不是，人心早已被打開過，結構、功能，都已弄得一清二楚，沒有什麼看頭。有本領，把人腦打開來看看才有趣，因為那是人類知識領域中的空白。所謂「人心險詐」，其實是冤枉了「心」，應該是「人腦險詐」才對。

究竟是什麼意思，現在當然不會說，就算整個故事都說完了，和「開心」完全無關也不要緊，只要故事夠好看，看得各位開心，也就很開心了，是不？

且說在醫院門口遇到的那件意外。

醫院位於海濱，離海灘甚近。時當初秋，晴朗清爽，海灘上有不少人在嬉戲，藍天白雲，遠帆點點，風景絕佳。小郭還沒有來，我把車子停在當眼之處，就信步向海灘走了過去。

當時正是下午時分，太陽在我的身後——我強調這一點，是因為若然當時太陽是在我前面的話，我就不會冒着刺目的陽光去抬頭看天，那也就看不到那兩點金光，以後發生的事，自然也大不相同了！

是的，當我抬頭，極目望天之際，我看到了兩點金光，極其燦爛奪目，在陽光的照耀之下，形成了一種十分奇特的光采，而且還在迅速地移動。

那景象才一入目，怪異莫名，我第一個意念所想到的是：神仙在放飛劍！

可是定一定神，再仔細一看時，不禁啞然失笑，原來由於金光乍現，景象太奇特了，竟忽略了和金光在一起的一個極普通的空中現象。

那所謂「極普通的空中現象」，是有一頭蒼鷹，正在天空翱翔。

天上有鷹在飛，平常之至，所以被我忽略了。這時，我才發現，金光是在鷹身下發出來的，好像是在牠的爪子部位，極有可能是他抓住了什麼會反射陽光的金色物體，更有可能是牠的腳部，套着金屬圈，所以才會有奪目的金光反射。

如果是後者，那麼情形就有兩個可能：其一是那是一頭受人豢養的獵鷹。其二，那是生物學家研究的對象。

我一發現天空上有金光閃耀，就一直以手遮額，凝神觀看，同時也作出了推測。

本來，事情到我有了這樣的結論之後，也告一段落了。可是，突然之間，又有了意料之外的變化。我看到在高空盤旋的那頭蒼鷹，陡地以極高的速度，俯衝而下。我立即知道，牠是在空中有了發現，正以牠驚人的攫獵本領，衝向目標。

而牠下衝的所在，就是在離我不遠處的沙灘，我看到有一個約莫四五歲的小女孩，手中拿着一隻竹籃，正在向前奔走！

那頭鷹的目標，就是那個小女孩！

這一下意念，令我吃驚之極，看來那頭鷹很大，小女孩絕無抵抗的能力！我已來不及出聲警告，蒼鷹自長空下擊，勢子何等凌厲！

我立即向前奔去，在奔跑途中，拾了兩塊石頭在手，說時遲，那時快，蒼鷹離那小女孩的頭部，已不到十公尺了，旁邊也有人發覺蒼鷹襲人，一起驚叫起來。

我雙手蓄足了勁，就在那鷹伸出雙爪，抓向小女孩之際，兩塊拳頭大小的石塊，帶着呼呼的風聲，已激射而出，射向那鷹雙翅的翼根。

這時，已可看清，那鷹雙翅展開，足有一公尺半，鷹身並不是太大，可是鐵喙鋼爪，攻擊力之強，使牠具有極度的危險性。

那小女孩已嚇呆了，幸好在千鈞一髮之間，兩塊石頭，已經射到。

我是運足了勁道的，所以一擊中，立刻見功。我聽到了清楚的骨折聲，那鷹本來是以極其佳妙的姿勢凌空下擊的，此時身子在離地三公尺處，陡然翻轉，直墮了下來。受了傷的雙翅，還在竭力撲打，令得沙灘之上，沙粒四揚，聲勢極其駭人。

我第一時間趕到，立時以雙足踏住了牠的雙翼，揮手令那嚇呆了的小女孩離開。

其時，那鷹是倒翻跌下來的，腹部向上，我可以感到牠的雙眼之中，充滿了仇恨瘋狂的目光。

同時，我也看清楚，牠的雙足之上，確然套着金圈，由於牠雙足不斷在蹬動，利爪還想攫人，所以一時之間，看不清那一副金圈的模樣，只覺得式樣很是奇特。

蒼鷹的腳上套有金圈，那自然是受人豢養的了。我知道要養這類猛禽，最好是自小養起，最理想的自然是取得鷹蛋，讓小鷹在孵化之後，第一眼就看到主人。

鳥類有一個很特別的遺傳習慣——會把來到世上之後，第一眼見到的東西，當作是自己的母親，在那種情形下，當然容易豢養和訓練。

若是捕捉一頭成年的鷹加以訓練，不是不可以，但必須有十分殘酷的磨練過程，利用飢餓和痛楚，來逼鷹屈服。這樣訓練出來的鷹，和主人之間的關係，就像奴隸和奴隸主之間一樣，仇恨之大，隨時會爆發，經常以傷害主人，鷹回復自由的悲劇作結束。

我也知道，一頭久經訓練的鷹，很具靈性，沒有道理無緣無故去襲擊小孩子的。

我雖然雙足踏住了牠的翼，但是牠還在用力掙扎，我大聲叱喝：「別動！你要是不想死，我可以替你醫治！」

我當然不會期望牠可以聽得懂我的話，所以我一面說，一面俯下身，雙手按向牠翅根的斷折處，同時，略加勁力——這樣做，會使傷處產生一種灼熱感，減輕痛楚。

那鷹果然安靜了下來，這時，小郭也趕到了，我也看清楚，沙灘上散跌着一些烤雞，那自然是那小女孩手中籃子裡的，也是鷹想攫食的目標。

我向小郭示意，兩人合力，助牠的雙翼收束。小女孩的父母也來了，不住的向我道謝。

鷹靜了下來，我已可以把牠抱起來，我道：「我要去找獸醫，不和你去看李遠了！」

小郭搖着頭：「真是意外，這鷹是有人養的？」

我隨口應：「看來是，我得好好教訓一下那鷹主人，這樣兇猛的禽鳥，怎可以隨便放出來！」

到了車旁，我叫小郭幫我脫下外套，裹住了鷹，再用安全帶固定在座位上，然後驅車直到獸醫處。

那獸醫是和我相熟的——若干年之前，一頭勇猛絕倫的戰鬥犬，名叫老布的，在激戰一頭三千年老貓之後，身受重傷，就是在這位獸醫處治癒的，從此之後，我和這位獸醫相識，時有往來。

這時，我載着傷鷹去找他，自是順理成章。當他看到我帶來了一頭猛禽之際，他也不禁嚇了一跳：「衛斯理，你古怪事真多！」

我道：「別的事我不敢說，這件事，還真的有點古怪，你看這鷹——」

說話之間，他已把鷹接了過去，手法熟練地在斷翼處按了一下，又在鷹頭上拍了幾下，那鷹變得很是馴服。獸醫極快地替牠注射了麻醉劑，等到鷹首垂下，他一面接駁斷骨，一面問我：「是你？」

我點了點頭，把當時的情形，說了一下。獸醫有點神情駭然：「這種鷹，有着極重的報仇心理，牠一定不知道是你令牠受傷的，不然，寧死也不會讓你把牠帶到這裡來！」

我知道很有些生物，有獨特的性格，所以點了點頭。可是獸醫接下來的話，卻使我覺得不免誇張。他道：「是不是把牠人道毀滅？不然，有朝一日，牠知道是你把牠擊成重傷的，纏着你報仇，也是個大麻煩！」

我不禁失笑：「牠不會聰明到了能夠找出誰擊傷牠。就算能，我也不怕。」

獸醫一揚眉：「牠不能，牠的主人能，你看，這是純金的腳環，牠的主人，必非普通人！」

鷹在接受了麻醉之後，任憑擺佈，所以，套在鷹腳上的那兩個金環，也看得清楚。

兩個金環一式一樣，都是繞在鷹腳之上的，工藝精絕，由半公分見方的金片組成。

我小心地把它們取了下來，那種純金特有的沉甸甸的感覺，很是實在。獸醫一面在忙碌，一面道：「這對金環打造得精細之極，看來像是古物！」

我明白他之所以會那麼說，是因為那些金片上，都刻有圖案，看來很是古樸，一時之間，也看不清內容是什麼。而金環的手工精細，殆無疑問，取下來之後，仍有適度的彈性，使環彎曲如蛇。

我不能肯定它是不是古物——古代金匠的手藝之精巧，有匪夷所思之能，要鑄造這樣的金環，自然綽綽有餘。

獸醫又在讚嘆：「這鷹的主人不知是誰，看來一定不是尋常人！」

我也一直在想着這個問題，此際，我腦中陡然閃過的一個人名，是冒險生活領域中赫赫有名的人物，他的外號就是「鷹」——亞洲之鷹。

羅開會不會是這頭鷹的主人呢？

可是不到十分之一秒，我就否定了自己的這個想法，正因為羅開的外號是鷹，他就絕不可能豢養一頭鷹——以鷹的高貴孤傲，被人豢養，總不是一件愉快的事。

獸醫的動作俐落，不一會就包紮妥當。他道：「你是準備把牠帶回去，還是留在我這裏讓牠養傷？」

我不禁有點躊躇，因為我沒有養過鷹，不知道這類兇猛鳥類的習性，更不知道牠傷後，是不是會更加兇猛暴烈，不好對付。

獸醫看出我的顧忌，拍着我的肩：「鷹的智力極高。我看這頭鷹，受人飼養已久，一定很有靈性，你只要對牠友善，牠不會怎樣，況且，牠並不知道是你令牠受傷的！」

獸醫一再強調這一點，不免令我感到不快，我道：「我不怕讓牠知道，沒有必要在一隻鳥面前掩掩遮遮！」

獸醫卻大是着急，連説話的腔調，也急成了古腔：「衛君，尚宜三思，三思啊！」

我覺得好笑，而且不想再在這個問題上和他糾纏下去，所以只是揮了揮手，沒有再説什麼。

可是獸醫卻大是認真，繼續在發揮：「這種鷹，有靈性，你不是曾遇到過一頭極有靈性的老貓嗎？」

我嘆了一聲：「那老貓不是貓，是一個外星人的思想波，進入了一隻貓的身體！」

獸醫反倒有了道理：「你又怎知道這鷹的體內，沒有外星人的思想波？」

我站了起來：「你紮好了沒有，牠什麼時候會醒來？」

獸醫見我不願意和他討論下去，神情有點委曲，過了一會，才道：「我加重了麻醉劑，牠要昏迷十二小時——那對牠的傷勢有幫助。醒來之後，你可以餵牠，牠可能不安靜，但是我包紮得很好，牠雙翼不能動，三天之後，再帶牠來見我！」

我點頭答應，抱起了那頭鷹告辭，獸醫直送了出來，到我臨上車，他還在說：「請尊重我的專業知識，絕對不要低估鳥獸的智力！」

我很誠懇地回答：「我絕不低估牠們，事實上，我的女兒就是被一群猴子養大的！」

獸醫不知道紅綾的故事，所以一時之間，神情古怪莫名。我索性開他一個玩笑，舉起了手中的鷹：「要是牠一直偽裝昏迷，把我們的交談全聽了去，那不知道牠會怎樣對付我？」

獸醫又好氣又好笑，大叫三聲「扯蛋」，我也在他的「扯蛋」聲中上了車。

還未進家門，我就感到一股洋溢着的，幾乎要把屋子漲破的喜樂之氣氛。那種歡樂，來自紅綾肆無忌憚的縱笑，來自溫寶裕直着喉嚨的喊叫。

我開了門，也大叫一聲，首先是一條高大的人影，向我直撲了過來，那自然是紅綾。她來到了我的面前，一下子看到了我手中所抱的鷹，就「咦」地一聲，不再擁抱我，盯着鷹看。

紅綾不在家，已經有好些日子了，再看到她，我自然再高興不過——她去做了些什麼，有了些什麼經歷，最重要的是，她和曹金福的「陰間之旅」怎麼樣了（相信那是世上最奇特的一次旅行），日後有機會，我會一一整頓記述出來。

那些經歷之離奇怪誕，決不在我的經歷之下，但是和這個故事無關，是另外獨立的幾個故事，所以略提一下，不再囉唕。

我打量了紅綾片刻，見她壯觀依舊，也就滿心歡喜。這時，我又看到，除了紅綾之外，憨態可掬的大個子曹金福在，溫寶裕在，連亮麗動人的藍絲也在，還有白素。我更是高興：「好齊全，你們在幹什麼？」

白素道：「我在對他們說氣體人的事！」

我笑：「真不公平，老是我們對他們說經歷，他們經歷了一些什麼事，我們全不知道！」

紅綾對我的抗議，置若罔聞，大聲問：「這頭鷹是怎麼一回事？」

我也大聲道：「事情要一件件來，先聽完了氣體人，看看你們有什麼意見，再告訴你們這頭鷹的事！」

我說着，已向樓上走去，進了書房，把鷹放在一張安樂椅上，然後開始打電話登廣告。

我利用了各種傳媒，廣告的內容如下：「有一頭腳上套有裝飾物的鷹，愛傷之後，在本人處，鷹主人請速與下列電話號碼聯絡。」

報紙、電視、電台——我相信鷹主人應該很快就可以得到我傳出的訊息。

我也很想知道是什麼樣的人，養了這樣的一頭鷹。

當我做完了這一切，再到樓下時，白素的敍述，也到了尾聲。

溫寶裕照例是搶先發表意見的人，他手舞足蹈：「太好了！氣體的人，至弱和至強的結合！」

紅綾不明白：「此話怎講？」

溫寶裕道：「氣體是最弱的，有和無相差無幾，可是也最強，暴風也是由氣體形成的，威力強大，可以摧毀一切，氣體人自然具有氣體的至弱和至強的特性！」

溫寶裕的這一番話，居然大有道理，各人一起鼓掌。

（二）特製的書桌

溫寶裕一得意，接下來的「偉論」，就有點不敢恭維了：「氣體人，古已有之。太上老君一氣化三清，是最佳例子。還有一些擅長變化的人，我看也是氣體人。」

大家都不出聲，看起來都不以為然。可是聽他繼續說下去，卻又令人不得不服他確然有非同小可的想像力。

他說：「氣體的形狀最不固定，可以在剎那之間，千變萬化，所以氣體人的外型，能作任何形狀的改變。傳說之中，善於把身體外型作改變的氣體人很多，最著名的，自然是大名鼎鼎的齊天大聖孫悟空！」

他說到這裏，頓了一頓，向各人望了一眼。所有人之中，只有紅綾一個，不知道孫悟空是什麼人——她雖然知識豐富之極，只怕再也沒有一個地球人比得上，但是還是有一些知識，尤其是文學上的知識，她還未曾接觸到。她徹底知道下雪的原因，也可能知道何以雪花都呈美麗的六角形的秘密，可是如果對她說到竇娥蒙冤，六月飛雪，她就會瞠目不知所對了。

她有一個好處，不明白，立刻問：「孫悟空是什麼人？」

對她的這一類問題，我和白素，必然盡心回答：「孫悟空是一個神話人物，是一頭石猴的化身，他會七十二般變化。」

這是最簡單的介紹，溫寶裕立時接了上去：「所謂七十二般變化，只是方便的說法，事實上，他能千變萬化，又能拔一根毫毛，作為化身。這一切，只有他本身是氣體，才能做得到！」

他說了之後，又停了一停，續道：「同樣有變化能力的，還有二郎神楊戩——」

我道：「夠了，神話傳說中會『搖身一變』的人太多了，不必一一枚舉！」

溫寶裕竟趁勢作了結論：「他們全是氣體人！」

聽了他這種設想，人人面面相覷，都覺得怪不可言。可是想要反駁，卻也很難。

一時之間，大家都沉默着。我想，各人全是一樣的心思：氣體人這個現象，實在超乎我們的想像力之外，以致有很多情形，全然無法設想。

例如，氣體人要雜在物質三態俱全的地球人之間生活，他是如何克服不被人發覺的困難的？他進食液態或固態的食物之後，如何消化它們？

他又是用什麼方法來維持他氣態身體的營養？他有血液嗎——難道連血都是氣態的？

我常說，外星高級生命的形態，地球人無法設想。地球人往往設想外星人有六個頭十八隻腳，那是因為地球上的生命形態有頭有腳的緣故，想像力是根據事實衍化出來的。而等到有一種外星生命形式，是地球上根本不存在的時候，就無法作出設想了，氣體人只不過是其中一例而已。

我很懊喪竟然沒有和氣體人進一步打交道的機會，只好寄望錯過了這一次，日後還會有機會。而且，世上玄妙的事情實在太多，又怎能每一件事都參與？在《運氣》這個故事之中，我竟然知道了生命可以以氣態的方式而生存，已經是很了不起的收穫了！

我把我所想到的說了出來，大家都表示同意。溫寶裕立時拋開了氣體人這個題目，大聲問：「那頭鷹是怎麼一回事？」

他也立即想到了亞洲之鷹羅開：「是我們的朋友有消息要傳遞？」

我搖頭：「我看不是——」

我把在海邊發生的事，說了一遍，再取出了那一對金環來給各人傳看。

溫寶裕的意見最多：「阿拉伯人最喜養獵鷹，看這上面的花紋，很有點阿拉伯風格。」

藍絲則說：「可以肯定，這花紋，這東西，和降頭術沒有關係。」

紅綾看得很仔細，然後道：「它不在我的知識範圍之內，不過我可以知道，它是成色很高的黃金，接近純金。」

白素和曹金福並沒有發表意見，只是搖頭，表示他們說不出所以然來。

溫寶裕一再叮囑：「找到了鷹主人，記得通知我！」

當時，我認為那是很容易的事，所以立即答應。誰知道一連三天，我的「尋找廣告」在各種傳播媒介上出現，已經引起了各方面的注意，甚至有記者專程找上門來，可是鷹主人卻始終未曾出現。

這時，那頭鷹早已醒過來了。

那鷹醒來的經過，也頗為驚心動魄。當晚我們討論氣體人的事，到了夜深，溫寶裕和藍絲先告辭離去。紅綾打了一個呵欠，跳上她的繩床，也就鼾聲大作。曹金福進了客房，我和白素，也已安睡。

我把鷹放在書房的一張安樂椅上，我的想法是，鷹的雙翅受傷，牠不能飛，自然也不會傷人，所以，也就沒有多作防範。

約莫是在天色將明時分，我們忽然被一陣可怕之極的聲響所驚醒。

那聲響的內容很複雜，既有尖厲的叫聲，又有像是在刮你的骨頭一樣的爬搔聲，而且就發生在我們的房門口，所以聽來格外驚人。

我一躍而起，已聽到門外又傳來了紅綾的呼喝聲，她喝了一句什麼，我沒有聽清楚，可是突然之間，一切聲音，都靜了下來。

我第一時間打開門，看到了一個十分奇妙的現象——那鷹站在地上，紅綾蹲着身子，正用手在輕拍牠的背部。隨着紅綾的動作，那鷹一身聳起的翎毛，也正在迅速地回復常態。

看來，那鷹剛才正處於極度激動的情緒，在紅綾的撫慰之下，才平靜了下來。

紅綾自幼在山野之間長大，長期與禽獸為伍，我一直相信她有和非人類相處的特殊能力，現在又得到了證明。

尤其是當我看到房門上滿是鷹爪所造成的抓痕時，更知道要使這鋼喙鐵爪的鷹，自憤怒之極到立刻平靜，是多麼不容易的事，可是紅綾卻輕而易舉做到了。

那時，這鷹站着，身子還在微微發抖，紅綾的手輕輕拍打牠的背部——這情景並不特別，特別的是，紅綾和那鷹對望着，在她和牠的目光之中，我可以肯定，兩者之間，必然有某種程度的溝通。

這種情形，維持了約有幾秒鐘，那鷹忽然又發出了一陣古怪的聲響來。

紅綾一聽，就眉心打結，失聲道：「爸，牠想告訴我們什麼！」

我也有這樣的感覺，感到鷹確然是想告訴我們什麼。可是，紅綾再神通廣大，她也沒有法子聽得懂——古時，傳說有一個叫公冶長的人，倒是通鳥語的，可現在上哪兒去找一個懂鷹語的人？

這時，曹金福也出來了，傻大個子瞪大了眼，更不知發生了什麼事。

鷹所發出的聲音越來越尖，也越來越急促，紅綾一面拍打牠，一面道：「我們不懂你的意思，你是不是可以用別的方法表達你的意思？」

我剛想說鷹怎麼聽得懂她的話，那鷹已靜了下來，忽然側身，一雙強而有力的腿，先是一陣蹬動，然後，不住用右爪抓左腳，又用左爪抓右腳。

這樣的動作，牠重覆了幾次之後，我、白素和紅綾就一起叫了起來：我們明白牠的意思了！

牠是想要回繞在牠腳上的金環！

那一對金環，我研究了一會，看不出什麼名堂，就放在書桌上，這時，我一面聽着，一面已飛快地奔進書房，取了它們出來。

鷹一見那對金環，就興奮得想撲翼，怎奈牠雙翅被綁得很緊，所以竟變成了身子一陣發顫。

紅綾也興奮得大叫：「爸、媽，這鷹通靈的程度，不在靈猴之下！」

我也知道，這鷹至少是聽得懂人話的——受豢養久了的動物，都可以有這種能力，但程度如此之深，也屬於罕見之極。

我把一隻金環遞給了紅綾，我們兩人，一邊一個，替牠把金環繞上。牠這才站了起來，走動幾步，不時用喙去啄那金環，像是表示牠對這金環的重視。

突然，紅綾飛奔下樓，不一會，就拿了肉食上來，想要餵鷹，可是鷹卻一下子抓了過來，自己用喙撕了吃，狼吞虎嚥，食量奇大。

紅綾越看越喜歡，忽發奇想：「牠主人不找上門來就好了！」

我笑了起來：「不可能吧，把一頭鷹調教到這種程度，不知花了多少心血，怎會不來把牠領回去！」

紅綾聽了，不免愀然不樂，曹金福在一旁道：「鄉下也有人養鷹的，但若不是從小養起，很難馴服！」

紅綾就算不樂，也維持不了十秒鐘時間，聞言一揮手：「牠主人來了也好，可以向他討教馴鷹的方法！」

說着，她站了起來，隨意走動了幾步。有趣的是，那鷹竟然亦步亦趨地跟着她，把紅綾逗得大樂。紅綾進了房間，那鷹也跟了進去，就在紅綾的房間中棲息。

我以為第二天，鷹主人就會出現，至少會和我聯絡。可是一連三天，卻音訊全無。

這時，鷹和我們已極熟了，牠和紅綾尤其熟，竟以紅綾的肩頭為牠的常棲之所。

紅綾本來已夠高大怪異的了，身邊又老跟着一個長大壯碩得異乎尋常的曹金福。這時，肩上再站着一頭約有一公尺高的蒼鷹，造型之古怪，堪稱世所罕見。她一出現，雖然不致於引起大混亂，但小小的不正常情形，自然難免。各種傳媒再一渲染，可以說無人不知，甚至國際性的通訊社，也將之當成了花邊新聞。

可是鷹主人卻一直未曾出現。

我和紅綾，把鷹帶到獸醫處，拆了舊包紮，換上新的，三天一次，三次之後，傷已完全好了。那鷹展開雙翅，更是雄偉無比。

我們把牠帶到了一處空地，牠立時騰空而起，轉眼之間，直上高空，成了一個小黑點，但是在陽光之下，仍然可以看到極細微的金光閃耀。

紅綾一直昂着頭，口中喃喃自語：「你可不要一去不回頭。」

我安慰她：「牠的主人，可能是世外高人，不願意露面，牠一定是飛回主人那裏去了！」

紅綾嘆了一聲：「牠至少應該經常來看我們！」

説話之間，紅綾又歡呼了起來，只見天上，金光閃閃——那鷹又盤旋直下，不一會，雙翅一收，竟又穩穩當當，停在紅綾的肩頭之上。

紅綾喜得又蹦又跳，又大打筋斗——每當她翻滾時，鷹就騰空而起；她一停止，鷹又落在她的肩上。一人一鷹，動作矯健之極，蔚為前所未有的奇觀。

紅綾發表意見：「這鷹是我的了！」

説了之後，她略覺不妥，這才修正：「至少，和牠的原主人，一人一半！」

説着，她拍着鷹頭：「好不好？」

那鷹竟然點頭撲翅，表示同意！

鷹主人在半個月之後，還未曾露面。

那天，我正在憑窗閒眺，忽然看到一輛大房車，自斜路上駛上來。斜路只通向我的住所，所以這輛陌生的大房車，目的地必然是我的住所。

我只看到車子由穿制服的司機駕駛，看不到坐在車後的是什麼人。

我的第一個念頭是：鷹主人終於來了！從這大房車的氣派來看，鷹主人的身分可想而知。

由於我心急想知道下車來的是何等樣人，所以我停留在窗前。

這時，曹金福和紅綾都不在，那鷹自然也和他們在一起，所以屋子中很靜。

果然，車子直駛到門口，穿制服的司機先下車，打開車門，自車中走出了一個人來。

雖然居高臨下看去，並不能完全看清那人的臉面，可是我還是一下子就認出了他是什麼人來。而且，心中也驚訝之極，因為我怎麼也料不到這個人會來找我！

這個人，當然不會是那鷹的主人，其人非別，姓關名大鵬，是商界的一個成功人士，各位對他的大名若是不熟悉，那其過在我，因為在上一個故事《運氣》之中，他雖然出場甚多，但我一直稱他為「關老頭」而不名。

那當然不是一種尊重他的態度，事實上，我也絕無意尊重這樣的一個人物，相反地，還很是討厭這種人——並不是說因這種人成功而討厭，只是我個人情緒上的感覺。

這位瘦小精悍的關先生，除了是關氏機構的總裁之外，還是著名的美人兒小仙的丈夫，而小仙女士，就是《運氣》這個故事的主要人物，她被改造成為了氣體人，在空氣之中消失了！

本來，對於氣體人這種超乎想像的奇特現象，我極有興趣作進一步的研究。除了小仙和氣體人金兒之外，關老頭也是應該接觸的對象。可是我由於討厭他的為人，自然不再去找他，想不到他竟找上門來了！

他會有什麼事來找我呢？

我看到關老頭下車之後，遲疑了一下，才來到門口，伸手想按鈴，可是才一伸出手，卻又縮了回去，可見他心中對是不是要見我，很猶豫不決——通常，只有有求於人，才會這樣。

我心中又想：他有什麼事求我呢？

就在這時，我抽屜中的一部電話，響了起來，那電話知者甚少，能夠知道的，自然都是至親好友。

我放下關老頭不理，打開抽屜，按下掣鈕，聽到了老朋友陶啟泉的聲音：「那關總裁到你家沒有？」

我笑責：「是你把這個人推到我這裏來的？」

陶啟泉也笑：「別那麼說，不久之前，你想見他見不着，還是我幫的忙——他說，他有事要你幫忙，可是又怕你不答應，所以想起我曾介紹你去見他，便來求我。衞斯理，世事都有因有果，今日之果，正是你早日種下的因啊，怎能怪我！」

我「嘖嘖」連聲：「真了不起，大商家怎麼兼任大哲學家了？好，我會見他，但不一定能答應他的要求！」

陶啟泉道：「那當然——還有，他的那位夫人怎麼了？我見過幾次，真是艷光照人，不可方物，這老頭，艷福真是無邊！」

我笑道：「故事太長，有機會才告訴你！」

說到這裏，門鈴才響了起來，可知他在門口，猶豫的時間真長。

陶啟泉道：「好，再聯絡！」

我關上了抽屜，聽到樓下老蔡已在盤問來人。老蔡對來找我的人，若是他未曾見過的，態度之壞，無以復加，所以我由得關老頭這個平日氣燄萬丈的總裁，去試一下這種滋味。

果然，下面傳來了老蔡的吆喝聲，和關老頭忍氣吞聲的回答。老蔡最後下逐客令：「我家主人向來不見閒雜人等，別說你是坐了車子來的，搭火箭來的，也一概不見，你打道回府吧！」

關老頭忽出絕招，竟不理會老蔡，大聲叫了起來：「衞先生，陶翁給你打電話了沒有？請你給個面子！」

我看着他也受辱得差不多了，所以走到樓梯口，大聲叫：「老蔡，讓他進來！」

老蔡有了我的吩咐，悶哼一聲，轉身就走，我再揚聲：「請上來！」

關老頭面色青白，上了樓梯，喘着氣：「貴管家——」

但總算他夠機靈，說了三個字，就沒有再往下說去，我把他領進了書房，給了他一杯酒：「請直話直說，我不喜歡兜圈子。」

關老頭喝了一口酒：「小仙她究竟上哪裏去了？我無法接受警方的解釋！」

我反問：「警方怎麼說？」

關老頭用力揮了一下手：「說他和金兒私奔了！」

我倒很佩服黃堂的用詞，我點頭：「確然如此！」

關老頭漲紅了臉：「可是他們到哪裏去了？為什麼沒有人說得上來？」

我望了他一會，才道：「情形極特別，那不是一般情形的私奔，我的話，你信也好，不信也罷，都是你聽到的最接近事實的推測！」

於是，我把金兒可能是氣體人，小仙也可能變成了氣體人的推測說給他聽。我說了大約十來分鐘，在這段時間中，他沒有停止過搖頭，表示不相信。

最後，他總結了一句：「我不相信！」

我預期他會有這樣的反應，攤了攤手，沒有再說什麼。關老頭卻道：「我有方法可以知道真相！」

我作了一個「請便」的手勢，懶得開口。關老頭又道：「可是我打不開那桌子的任何一隻抽屜。」

一時之間，我不知道他這樣說是什麼意思。他又道：「小仙有一張書桌，是特別訂製的，是她嫁給我時提出的要求之一。那桌子是瑞典一家精工鑄造廠的傑作，它們專製造舉世無雙的保險箱——」

他說到這裏，我揮了揮手，打斷了他的話頭。我立即想起，在《運氣》這個故事中，我曾偷進過他的住所，發現在二樓其中一間房內，有一張很是特別的書桌。當時我只是注意到它的特別，並沒有作進一步的研究，如今聽關老頭這樣說，這桌子竟大有文章！

這時，我也被引發了好奇心——一張由舉世無雙的保險箱製造商所製造的書桌，那意味着什麼呢？

當然是表示小仙有許多秘密，要鎖在那書桌之內。

我略牽動了一下身子：「你打不開書桌的抽屜？」

關老頭神情沮喪：「一共有七個抽屜，一個都打不開，我知道其中蘊藏着小仙的秘密！」

我揚了揚眉，表示奇怪他何以如此肯定。他道：「當日，在提出這個要求的時候，她說過，雖然成了夫妻，但是她還要保留個人的一些秘密，所以要一個妥當的保存秘密的所在。我實在愛她，所以答應了，那桌子的造價是三十萬英鎊，全用最堅硬的合金鋼鑄成，所以——」

我接了上去：「所以，你不能循正當的途徑打開它，也無法用破壞的手段！」

關老頭神情無奈地點着頭。

這時，我已經大致可以知道他來找我的目的了，他是要我出手，去打開那書桌的抽屜！

我並不先提出這一點，只是問他：「你一定曾和製造商聯絡過，請他們提供你方法？」

關老頭道：「是，聯絡過。製造商方面的回答是：對不起，他們做不到——他們並不是知道而不肯說，而是真正的不知道！」

我皺眉：「這好像不太合常規！」

關老頭嘆了一聲，忽然取出了幾張紙來，放在我面前：「請看，這是當日小仙給製造商的信，前幾天他們傳真來給我的。」

我接過來，信有好幾封，先是關夫人小仙，當日以顧客的身分，向製造商提出的要求。

她要求製造商製造「絕對只有使用者一個人打得開的密鎖，而任何人企圖用不正當方法打開，就會令裏面的物件銷毀」。

製造商第一次的回覆是「據知，目前無法有這種技術可滿足夫人的要求」。

小仙再堅持：「貴廠號稱在保險箱製造業之中，舉世無雙，必有令顧客滿意之方法，若不能，則交易取消，且對貴廠的廠譽，造成一定程度之損害！請貴廠盡最大之努力，感激不盡。」

（三）世間第一巧匠

製造商在一個多月之後，才有了回音：「我們竭盡所能，終可使夫人滿意，我們在亞洲找到了能滿足夫人要求之奇人，但費用極其高昂，初步估價，約五十萬英鎊，最後可能不止此數，請先惠款，再告知詳細細節。」

看了這一封回信，我忍不住大笑了好一會。關老頭當然不明白我為什麼要笑，所以他望着我的神情，疑惑到了極點。

我為什麼要笑？因為我一下子就猜到了，製造商找到的，能滿足小仙要求的「奇人」，必定是戈壁沙漠這一對活寶無異——也只有他們兩人，才能利用高科技，達到千奇百怪，匪夷所思的目的。

我暫不說穿，只覺有趣。因為我若所料不差，只消一個電話，找來戈壁沙漠，問題立時可以解決——豈有設計者打不開自己設計的鎖之理！

我只是順口問：「你不是說，書桌的造價，只是三十萬英鎊嗎？」

關老頭悻然：「這附加的五十英萬鎊，我並不知情，是小仙自己支付的。」

我也感到奇怪之極。美女小仙，為了錢才下嫁關老頭，可是她卻化了一大筆錢，只為了要為她的秘密找一個安全所在！

這種行動，簡直難以解釋，她會有什麼天大的秘密，非用如此昂貴的方式來保管不可？

接下來，又是小仙給廠商的信：「五十萬英鎊如數寄上，但必須讓我知道詳情，經我同意之後，才能作實。」

從這些過程看來，小仙不但有艷麗絕倫的外貌，而且有極其縝密的心思。

製造商提供的詳細資料，我看了之後，不禁倒抽了一口涼氣——本來，我以為只要找到了原設計人戈壁沙漠，問題便可以迎刃而解，但事實卻並非如此。

製造商的資料稱：「為了滿足你的要求，設計者採用了前所未有的精密設計，內置的電腦，會分辨你十隻手指的指紋，而更進一步的是，還需加上你聲波的頻率——這令得除了你本人之外，宇宙之間，再沒有任何人可以開啟密鎖！」

我呆了半晌，指紋相同的可能性，據統計是千萬分之一，十隻手指的指紋都相同的機會接近零，還加上聲波的頻率人人不同。那麼，製造商的保證，也就不算誇張了。

我再看下去：「內置的發熱裝置，在桌子遭到暴力對付，包括鑽石刀切割，激光解體等情形時，就自動發生作用，產生攝氏三千度的高溫，足以令內藏的任何物件損毀——化為塵烟。」

隨即，就是小仙的信：「請代我向設計者致謝。」

製造商的回信則稱：「設計者必須和你會面，以取得你指紋和聲音的資料。」

雙方之間的文件來往，至此為止。小仙當然是和設計者見了面的。

而我所想到的是：小仙究竟有什麼秘密，要採用如此非常的手段？

那時，她應該還未認識金兒，她會有什麼秘密？

我用疑惑的神情望向關老頭，希望他能提供答案，可是我立即發現，他的神情比我更疑惑！

他在遲疑了一會之後，才道：「我給她買了很多珠寶，其中很有一點，大有來頭，但是……也似乎不必用這樣的法子來保存。而且，她一直沒有把這種情形告訴我，唉，她不知道有多少事瞞着我，我根本沒有得到過她的心！」

關老頭作出一副「情聖」的情狀，那神情語態，惹人作嘔之至，我冷笑一聲：「你買，她賣，你還希望什麼？」

關老頭聽出了我語意不善，不敢再說什麼。我揮了揮手：「我可以設法找到密鎖的設計人，看看他們是不是有法子——不過，看來，也未必有辦法！」

關老頭連聲道：「那太好了，衞先生你一定有辦法的，衞先生要多少酬勞，只管直說！」

我皺了皺眉，心想和關老頭這樣的人，倒也不必客氣，大可直話直說，所以我道：「我不想要物質上的酬勞，但是，那書桌的七隻抽屜被打開的時候，我要在場！」

關老頭震動了一下，失聲道：「這樣，我妻子的秘密，你不是全知道了麼？」

我冷冷地道：「第一，小仙已不再是你的妻子。第二，那正是我的目的，我要知道她有什麼秘密，值得為此大動干戈！」

關老頭的臉色很是難看，但他畢竟是一個頭腦十分精明的生意人，立即知道這宗買賣，對他來說，還是大大有利，所以他道：「一言為定！」

我點頭：「我自會去進行，你聽我的消息好了！」

關老頭站了起來，我忽然想起了一個問題：「請問，你是如何任用金兒作為你的助手的？」

關老頭一臉恨意：「通過一家國際性的獵頭公司的推薦——這人確然極有才幹，想不到竟會是引狼入室！」

我再問：「你和他一起那麼久，關係又如此密切，難道竟一點異象也沒有發現？」

關老頭搖頭：「對不起，衛先生，我對你所說的一切，根本不信，我也沒注意過他是不是沒有重量——不是同性戀者，誰會無緣無故去抱同性？」

我再追問——因為和金兒接觸最多的人，就是關老頭了：「一點可疑的跡象也沒有？」

關老頭回答肯定：「沒有——只有一點，我不明白他這樣能幹，為什麼不自己去創業！」

設。

這個問題，自然不會有確切的答案。我們曾經作過討論，大家都很同意我的假設。

我的假設是，有若干氣體人在地球上活動，範圍和領域都很廣泛，他們的目的，可能是想在與地球人一起活動之中，了解地球人。地球人的生活，是他們「研究工作」的一部分。

在關老頭看來，創業歛財是人生頭號目標，但是在氣體人看來，那既然不是他的「工作範圍」，他自然沒有必要去辛苦營役，去創什麼業。

這或許就是關老頭這個問題的答案了。

而我的假設如果成立的話，那麼，每一個地球人生活的領域之中，都有可能存在着氣體人——或許是你的網球教練，或許是你的老板，或許是你的鄰居。

不過也不必害怕。第一，他們未必有害人之心。第二，他們一定不會和你有太親密或太親近的關係，以保持他們身分的秘密，不然，沒有重量，總是很叫人吃驚的！

關老頭等了一會，見我再沒有問題，他再次道別。

我在他離去之後，立刻和戈壁沙漠聯絡，倒是一找就找到了他們。

我開門見山地問：「若干年前，你們曾為一個女人設計過密鎖？」

戈壁沙漠齊聲道：「哈，你什麼事都知道！」

我吸了一口氣：「那密鎖，真的只有那女人本人才打得開？」

兩人大有鄙夷之意：「如果你知道那密鎖的內容，你就不會問這種蠢問題！」

我悶哼一聲：「我完全知道內容，我的意思是，當日你們曾記錄那女人的十指指紋，和她聲音的頻率——」

我才講到這裏，就聽到了戈壁和沙漠兩人，各自齊齊發出了一下怒吼聲。接着，電話便被重重掛上，我連「喂」了十七八聲，也沒有反應。我再打過去，卻變成了錄音，要我留言！

在開始的十分鐘之內，我實在莫名其妙，不明白這一雙「奇才」，發了什麼神經。

但當我再把我們通話的內容，想了幾遍之後，我明白自己確然得罪了他們！

我提及當日，他們曾獲得「那女人」的指紋和聲頻的資料，話還沒有說完，他們已然大怒，自然是他們一下子就知道了我的用意之故——這些資料，他們如果留存了下來，那就等於保留了密鎖的匙，隨時可以打開密鎖。

當然，這樣做，也是不道德的行為，十分卑劣，我這一問，分明是侮辱了他們的人格，所以才勃然大怒。

一想通了這一點，我鬆了一口氣——我知道他們的為人，在大怒之後，摔下電話，一定是怒氣冲天，來向我興問罪之師了！

我不必再去找他們，只消等他們前來就是。

我下樓，抓了一瓶酒，三隻杯，等在門口，不消十來分鐘，果然看到他們的車子，響着驚人的噪音（他們改裝的結果），直衝了進來。

車子還沒有停下，就聽得兩人的大叫聲：「衞斯理，你要向我們道歉！」

我迎了上去，兩人跳下車，我第一時間把酒杯塞向他們的手中，替他們斟酒：「對不起，一千一萬個對不起，我不是有意的！」

兩人略怔了一怔，卻立時又各自爭吵起來。一個道：「我就知道衞斯理一定知道自己說錯了話！」

另一個道：「我早知他反應快，但不知道快到這種程度，不能算我錯！」

我忙道：「你們都沒錯，我在你們發怒之後幾分鐘，才知道自己説錯了話——可是我有原因，你們設計的密鎖，被安裝在一張書桌裏，那書桌一共有七個抽屜，你們可知道書桌主人是誰？」

書桌屬於關夫人小仙所有，兩人和小仙應該相見過，但我肯定兩人不知道小仙的身分——若是知道，在《運氣》這個故事之中，小仙的地位重要，他們早就説了！

果然，兩人道：「是一個女人，聲音動聽之極，一雙手，如同玉琢一樣，應該是個絕色美人！」

我大訝：「未曾見面？」

兩人道：「她是蒙面來的。」

我「哦」了一聲，心想小仙行事，深謀遠慮之至。兩人追問：「這女人是誰？」

我一字一頓：「就是關夫人小仙。」

兩人立刻張大了口，自喉間發出了一陣古怪之極的聲音，我不敢再懷疑他們的人格，説他們在後悔沒有私自留下一份資料來，只好説他們感到了極度的意外。

我趁機問：「你們全然不知道她的身分？」

兩人嘆了一聲：「當然想知道，但是基於職業道德，所以不能問。」

戈壁沙漠替人設計密鎖，只有一個人能開啟，這鎖座落何處，他們都不知道，自然也不應該打聽，那樣，鎖主人才會安心。

我又把關老頭怎樣找上門來的經過，說了一遍。兩人齊聲嘆：「我們也無能為力，除了鎖主人之外，誰也打不開它——如今，只怕鎖主人也打不開了，她已變成了氣體人，還能維持原來的聲頻不變？只要有千分之一的誤差，就開不了鎖！」

我攤開手：「只好讓書桌中的秘密，成為永遠的秘密了，雖然我也很想知道那是什麼秘密，可是連你們也沒有辦法，那就——」

兩人忽然道：「或許，用什麼方法，和她聯絡，請她來把鎖打開？」

我笑了起來：「那太虛無飄渺了，她已經徹底改變了生命的形式，正正式式地跳出了紅塵，以前的事，如何還會關心？而且，聯絡一個人，也不是容易的事！」

兩人笑了起來：「是啊，最近在傳播媒介上，就有一個傻瓜在找一隻鷹的主人，不知找到沒有？」

我沒好氣：「沒找到——那個傻瓜就是我！」

他們吐了吐舌頭，沒有再說什麼。這時，門口一陣喧嘩聲傳來，我一聽，就知道是紅綾回來了。果然，門開處，她大踏步走了進來，身形粗壯，肩頭之上，還停着一隻巨大的鷹。那情景，和現實相去甚遠，一如漫畫中的人物。

戈壁沙漠沒見過紅綾，一時之間，看傻了眼。我向紅綾介紹了他們，兩人一起和紅綾握手，卻又不約而同，把視線投向那鷹——或者正確點說，是投向繞在那鷹足上的那蛇形金環，而且同時，現出了極其怪異的神情，迅速地互望了一眼。

這種情景，看在我的眼中，自然立刻想到，他們知道這金環的來歷。

所以我立即問：「那金環代表了什麼？」

兩人震動了一下，一個道：「那只是……裝飾！」

另一個道：「養鷹的人，很喜歡這一套！」

他們竟然用這樣拙劣的手法，企圖掩飾他們的所知，真令人又好氣又好笑，我大喝一聲：「少說廢話，快從實招來！」

兩人縮頭縮腦地問：「不然便當如何？」

紅綾嘻嘻笑：「把你們的頭移一移位置！」

紅綾說着，伸出大手去，兩人連連後退，急叫道：「招了！招了！」

我和紅綾，盡皆大笑，兩人也不生氣，只是指着那金環，好一會說不出話來。

說也奇怪，當兩人伸手指向那金環之時，那鷹的神情，也大是緊張，踏在紅綾肩頭上的雙足，不斷提起又放下，像是不想人家看清那金環。

兩人手指金環，想說什麼又沒有說，手卻不知不覺移近了些，那鷹倏然伸爪抓向他們，饒是兩人縮手快，一個的手背上，也起了一道血痕。

而那鷹也陡然飛了起來，室內空間小，大鷹雙翅振動，勁風疾生，剎那之間，就有天下大亂之感。

還好，牠飛了一會，就停在吊燈之上。紅綾一面發聲想叫鷹下來，一面責問戈壁沙漠：「這是幹什麼？」

兩人道：「把那金環除下來，讓我們仔細看看，才能確定是否和我們所知的有關！」

我搖頭：「只怕不容易做到！」

我把那鷹在麻醉葯力消失之後，如何索回這對金環的經過，說了一遍，補充道：「顯然，那金環對牠有特殊的意義，牠不肯讓人除下！」

戈壁沙漠卻道：「那就難了，我們若不能肯定那是我們曾見過的，也就沒有什麼好說的了！」

兩人的話，令我怔了一怔：「這套在鷹足上的金環，你們以前見過？」

兩人搖頭：「不能肯定！」

我有點不耐煩：「就當它是，你們且說說上次見到的情形！」

戈壁沙漠也沉下了臉，一個道：「不讓我們肯定，即使把我們的頭移位，也不會說。」另一個道：「若是讓我們肯定了，就算不叫我們說，我們也會說！」

話已說到這種地步，我若是再要強逼他們，那就只有反臉一途了。所以，我向紅綾望去，紅綾明白我的意思，她抬頭向停在吊燈上的鷹，發出了一陣古怪的聲音，那鷹居然有回應。

戈壁沙漠大奇：「咦！衛小姐通鳥語？」

紅綾搖頭：「不，我只是要牠相信，我們並無惡意。」

說話之間，那鷹又落了下來，仍然停在紅綾的肩頭，紅綾伸手在牠身上輕輕撫摸，然後才指着牠的足：「借你這金環看一看，很快就還給你，可好？」

我也在旁「勸說」：「若是我們有惡意，上次不還給你了！」

那鷹聽了之後，有很不安的動作，但很快靜了下來，居然向我伸出了一足，顯然已答應了我們的要求！

我先伸手在牠的頭上拍了一下——我不知道牠是不是喜歡這樣，但是牠善解人意，可見牠曾長時期和人類相處，自然應該知道那是嘉許的表示。

然後，我小心地把金環取了下來，戈壁沙漠一接了過去，立刻從口袋中取出放大鏡來，嵌在眼上，仔細觀察。

奇怪的是，他們並不看金環的正面，那上面有花紋，而是去看反面。而我曾觀察過，反面是光滑的。

他們這樣的行動，更使我知道，他們對這金環確有所知。兩人一面觀察，一面不斷交換眼色，由於他們的一隻眼上嵌了放大鏡，所以每當他們交換眼色時，情景變得十分怪異。

他們看了大約兩分鐘，互相對望，一起點頭，把金環還了給我。

這時，紅綾也看出他們熟悉這金環，她一面接過了我給她的金環，立刻又繞到了鷹足之上，一面問：「這金環是什麼來歷？」

可是這時，戈壁沙漠的神情，卻又十分令人猜疑，因為他們現出了難以相信的神情，緩緩地搖着頭。紅綾還想追問，我作了一個手勢，阻止了她。因為我看出，兩人的心情很是矛盾，分明是那金環有很大的隱秘，必須讓他們先克服了心理上的矛盾，才能痛快地說出來，追問是沒有用處的。

那種驚疑的神情，一直逗留在他們的臉上，而在大約一分鐘之後，他們開始說話。

他們說話的方式，很是奇特——並不是把有關金環的一切，直截了當地把事情告訴我和紅綾，而是他們互相在對話，可是作為旁聽者，我們也能在他們的對話之中，得知事情的來龍去脈。

兩人中一個先開口問：「上次我們見到這金環，是多久之前的事了？」

另一個略一思索：「快有三十多年了！」

我聽了就為之一呆——他們兩人，都不過四十左右的年紀，對上一次他們見這金環，已有三十多年，那也就是說，他們在孩提時期曾見過，直到如今，也虧得他們的記性，如此之好。

兩人都很有些感嘆之色，一個忽然又道：「其實，我們只能算是第一次見到它！」

紅綾濃眉一揚，就待發作——兩人的話，太自相矛盾了。可是我再次制止了她。

另一個居然同意，但說出了理由：「是啊，上次我們見到的時候，它還沒有完成，當時我們曾問師父，這蛇一樣的金環有什麼用，可是師父卻沒有回答，只說了是送給一個異人的，他說那異人是——」

略一猶豫之間，一個已接了口：「師父說那異人，能人之所不能，天下再沒有人及得上，當時我們都不服氣，都說了——」

說到這裏，兩人像是回到了三十多年之前，齊聲道：「師父，你是天下第一巧匠，還有誰能及得上你！」

一個道：「真奇怪，師父聽了之後，只是搖頭，神情黯然。」

另一個道：「是啊！過了一會，他竟然說了那幾句不近人情的話！」

兩人說到此處，都現出憤然的神情。一個道：「師父說：以你們兩人的資質，應該投入他的門下才是，在我這裏，是浪費了你們！」

另一個道：「當時我一聽就嚇得魂飛魄散，一拉你，兩人就一起跪了下來，不知道自己做了什麼錯事！」

聽到這裏，我已心中稱奇。我對他們不算陌生，但是對他們的過去，卻是一無所知。原來他們自小就拜了一個巧手匠人為師，看來，他們師父的手藝很了不起，他們兩人，堪稱當今世上的第一巧匠——手藝和尖端科學相結合，比諸古代的巧匠，自然又巧了許多倍。但是基礎功夫，自然還是從小就打下來的。

而他們的師父，又感嘆自己技不如人，他口中的「異人」不知又是何等樣人？

我心中在雜亂無章地想着，戈壁沙漠的對話並沒有停止，一個又道：「倒把師父也嚇了一跳，把我們扶了起來，說他所講的，乃是實情，並且還說，日後不管我們的技藝如何精進，也必然比不上那異人！」

另一個「哼」了一聲：「師父的什麼話我都聽，唯有這句話我不服。」

另一個同意：「是的，我也不服！」

（四）天工大王

兩人說着，忽然一起向我望了過來，我忙道：「當今世上，若論工藝技術之精，兩位首屈一指，當無疑問！」

兩人洋洋自得：「謝謝，我們自己也正以為如此，只是師父當年之言，常令我們耿耿於懷！」

兩人這句話一出口，我就不禁「啊」地一聲，知道何以兩人一見那金環，反應就如此怪異了。一來，他們見了金環，想起了他們的師父，大是感慨。二來，當時他們的師父在打造這對金環，說是要送給一位異人，而那異人，幾十年來，令他們耿耿於懷。相信他們的技藝越是精進，那種想會一會那異人的心情便越濃。

如今，金環在鷹足上出現，那麼，極有可能，鷹主人就是他們師父口中的「異人」！

戈壁沙漠又一起向我望來，我道：「我也極想會晤鷹主人——他不出現，難道我們不能去找他？」

我這樣問的意思是，他們的師父是不是留下了什麼尋訪那異人的線索。

兩人聽了我的反問，神情古怪之至，叫人難以猜測他們心中在想些什麼。

過了一會，一個才道：「師父臨終時，曾說過……有可能引那異人現身的方法，可是……可是……」

另一個也跟着道：「可是……可是……」

我嘆了一聲：「可是什麼？」

兩人一咬牙：「可是那異人若是真的現了身，又解開了我們所出的難題，我們就要拜他為師——這事情，師父去世那年，我們才十七歲，都覺得不能做，現在自然更不能，寧願死好過了！」

兩人性格不屈，「寧願死」倒不算十分誇張。

我吸了一口氣：「且說說細節。」

兩人又互望了一眼，神情像是很不願意說，我道：「若是他解不開你們所出的難題，那就不必拜他為師了，是不是？」

兩人齊聲道：「是，不但不必拜他為師，而且他那天工大王的銜頭，還要讓給我們！」

我呆了一呆，紅綾已搶着問：「天工大王？那算是什麼意思？」

兩人像是說漏了口，神情有點尷尬，我伸手拍着他們的肩頭：「你們放心，我有辦法令你們當上天工大王！」

戈壁沙漠雖然將信將疑，但顯然肯說細節了。一個道：「所謂『天工』，是取巧奪天工之意，『大王』自然是舉世第一。這是超級藝匠之間自己所定的玩意，但一直受人重視，除了天工大王之外，還有天工第一級、第二級和第三級，可以自封，但要接受挑戰，接受挑戰三次而成功，銜頭就落實了，但仍需不斷接受挑戰，情形和拳王爭霸，很是近似。」

我聽得大感興趣：「有這等事，真是天下之大，無奇不有了！」

兩人道：「那只是超級巧匠，而且是根據傳統的師父、徒弟這種方式學出來的巧匠之間的事，常人自然不知，這種巧匠，分佈世界各地，從事各行各業，加起來，也不會超過五百人！」

我問：「兩位現在是——」

兩人道：「自二十年前起，就是『天工第一級』。」

我望向他們，欲語又止，他們自然知道我想問什麼，神情苦澀：「人人都想擁有『天工大王』這個銜頭，可是我們卻不敢挑戰，因為挑戰一失敗，我們就要拜他為師，從學徒當起，這對我們來說，是絕無可能之事！」

我當然知道，舊式的師徒關係是怎樣的，那是他們無法接受的關係。

兩人沉默了一會，一個道：「師父臨終時，曾把情形分析給我們聽，說不論我們出什麼難題，都不可能難倒天工大王。但挑戰就算失敗了，也不會有害處，因為拜在大王門下，雖然不免受若干屈辱，但是在技藝方面，也必然大有所獲！」

另一個道：「誰知道會有什麼樣的屈辱，所以我們商量下來，決定不去挑戰。」

兩人說到這裏，又沉默了一會，才齊聲問：「你說可以幫我們？」

我用力一揮手：「是的，現成有一個難題在那裏，請天工大王去開小仙書桌的密鎖！」

戈壁沙漠一聽，陡然震動了一下，顯然我的提議，有極大的誘惑力！

我在這樣提出之前，也早已設想過，若是小仙還在，還有可能威逼利誘，要小仙去打開那書桌的密鎖。可是小仙已不在了，變成了氣體人，那麼，就再也沒有人能打開這密鎖了。

戈壁沙漠必然也想到了這一點，所以他們才會有那樣的興奮。可是在興奮之中，他們也有幾分猶豫——那實在令我駭然：難道他們竟認為天工大王，神通廣大到了可以打開那樣的密鎖？

這時，戈壁沙漠也開始了急切的討論。一個道：「我看不出他有什麼可能去開那密鎖。」

另一個道：「我也看不出——但我們是我們，他是他！我們想不到的，他會想到！」

聽他們說到這裏，我一句話幾乎已要衝口而出了。我想說的話是「那好啊，讓他把密鎖打開，看看裏面究竟有什麼秘密」。

可是我卻陡然忍住了，沒有說出來。因為對我來說，天工大王如果打開了密鎖，自然是求之不得的好事。可是對戈壁沙漠來說，他們所出的難題，如果給天工大王解開了，一定是十分悲慘的事，不然，他們何以如此鄭而重之，猶豫不決？所以，我決不能影響他們自己的決定，因為那對他們來說，是頭等的大事。

兩人的神情更是凝重，背負雙手，不住地繞着圈子，紅綾好幾次想說話，都被我制止。

足有好幾分鐘，一個首先道：「想起師父在生時所受的那麼多氣，真應該向他挑戰！」

另一個道：「我們現在何嘗不受氣，但是若輕舉妄動，情形只有更糟！」

我聽了這樣的對話，心中大是奇怪，看來問題十分複雜，還有許多我想像不到的內容在！

我百忙之中問了一句：「令師是天工——」

兩人道：「和我們一樣，是天工第一級。師父終其一生，不敢挑戰，所以屈辱一生。」

我的神情也變得凝重：「所謂『屈辱』，是自覺技不如人，心中鬱悶，還是真有實質上的屈辱？」

這個問題一出口，我就知道抓到了關鍵的所在，因為兩人面色了白，神情悲憤，一起頓足：「有實際行動上的屈辱！」

我大是駭然：「是什麼樣形式的實際上屈辱？」

兩人齊聲長嘆：「他是天工大王，有權定期或隨心所欲地考察所有藝匠的技藝，若藝匠的製品被他認為不合格，就要降級！」

我還有點不明白，他們補充：「像這金環，當年就是他下令要師父打造，條件極苛，每一環之間，都有極細的彈簧，堪稱當世工藝之絕，誰知道他竟然用來套在一頭鷹的腳上！」

我再問：「他可有考察過你們？」

兩人道：「有，我們初稱天工第一級時，他曾命我們製造深海自動標本搜集器，我們過了關，以後再也沒有。」

想想那是將近二十年前的事，我也不禁對他們大表佩服。我想了一想：「你們是否向他挑戰，當然由你們來決定。照我看，書桌的密鎖，是一個好機會。如果你們不想挑戰，也請聯絡他，告訴他，他的鷹在我這裏，我想和他見面，請他開啟密鎖！」

戈壁沙漠一起搖頭：「除非是我們向他挑戰，不然，他絕不會露面！」

我又是好氣，又是好笑：「照兩位那樣說法，竟沒有法子見到這位天工大王了？」

戈壁沙漠不約而同，伸手向那鷹一指：「唯一的辦法，請牠帶路！」

我聽了之後，第一個反應是兩人在胡說八道，鷹在天上飛，人在地上如何跟？這鷹又沒有大到可以帶人在天上飛行的地步——我確然有一段經歷，是被巨鷹帶着，在天上飛行的。

但是我繼而一想，若是對那鷹說明了，要牠回主人那裏去，那倒不失是一個和鷹主人直接聯絡的好辦法。

一直到那時為止，我還只以為，鷹主人有可能是天工大王，而未必一定是。

因為戈壁沙漠雖然認出了那金環是他們師父所鑄，送給了天工大王，但天工大王也可以轉送他人，事隔三十多年，世事變化極多，誰也不能預知。

但我既然想會晤鷹主人，託那鷹做信差，豈非現成？戈壁沙漠的話，提醒了我。

我笑道：「請牠帶路，那是説笑，請牠帶信，那倒是真的！」

兩人一聽，神色陰晴不定，我明白他們的意思：「挑戰與否，不關我事，我只是想和這奇人聯絡。」

兩人遲疑：「你會請他開啟密鎖？」

我道：「或許會，但要看情形而定。」

戈壁沙漠沒有再説什麼，神色依然凝重，過了一會，才道：「也就只好走一步看一步了，我們再去研究，是不是有開鎖之法！」

我搖頭：「也是當時你們設計得太絕了，一點餘地也不留，不然，何至於打不開它？」

兩人苦笑，一個道：「當時顧客如此要求，我們自當盡力！」另一個長嘆一聲：「而且，只是我們打不開，要是天工大王出手……」

説到這裏，兩人不住搖頭，神情黯然。他們始終不能肯定天工大王也絕打不開密鎖，這也正是他們不敢向之挑戰的原因。

兩人小心翼翼地問：「你給他的信上，準備如何寫？」

我取過紙筆來，一揮而就，遞給了他們：「看，與你們全然無關！」

我寫的是：「鷹主仁兄，因緣際會，相識閣下之珍禽，樂何如之，禽已如此，主人如何，可想而知，遙念之情，不可遏止，若能賜覆，足感盛情。又，曾通過傳播媒介聯絡，並無結果。想來閣下定是世外高人，不染紅塵，若有打擾之處，尚希原諒！」

兩人見信上果然沒有提起他們，也就放心，直到這時，我才注意紅綾已退出了幾步，手撫鷹身，神情不愉。我一看到這情形，便已明白：「放鷹回他主人那裏去一次，若牠戀着你，自會飛回來。」

紅綾深吸了一口氣，咕咕噥噥，不知對那鷹說了些什麼。當下，戈壁沙漠告辭離去，臨走千叮萬囑，一有消息，立刻相告。

我把信捲好，塞進了鷹腳上的金環之中，不使脫落。然後假設鷹聽得懂我的話，託牠帶信給牠主人。

紅綾在一旁默然，顯是不捨得和鷹分開，可是聽我說到一半，她就笑了起來：「爸，這鷹主人若是阿拉伯人，收到了你的信之後，定像看天書一般！」

我笑道：「鷹聽得懂我的話，鷹主人也就會看得懂我的信！」

紅綾拍着鷹頭：「你可得回來！」

她神情依依不捨，但還是隨我出了屋子。紅綾把鷹托在手上，向上一送，那鷹雙翅撲揚，轉眼之間，已盤旋上空，去勢快絕，不到片刻，已成了一個小黑點。

紅綾一直抬着頭，她實在已沒有可能再看到那鷹了，我要她進屋去，她卻道：「我再看一會，爸，我心中不捨得，不會強裝歡喜，你別生氣！」

我感動之極，緊握住了她粗糙的手，拍着她的手背，說不出話來。

一直等到白素回來，已然是暮色四合了，我們兩父女仍然站在屋外。

我對白素說了經過，白素大是感嘆：「我們女兒，雖說懂得很多，但是『有你的總是有你的』、『不該是你有的，再強求也沒有用』這種道理，她就不懂。」

白素的話才一住口，紅綾便反駁：「誰說我不懂，我懂，那鷹該回來，就會回來；不回來，天涯海角去找牠，也沒有用！」

我拍手笑：「還真是懂，不含糊！」

紅綾受了稱讚，很是高興，跳跳蹦蹦，回到了屋子之中，事情好像就此過去了。

當晚，我和白素提起了戈壁沙漠不敢向天工大王挑戰的事，表示我的意見：「那書桌的密鎖，絕無打開的可能，他們兩人用它作難題去挑戰，實在是極佳的機會，可惜他們不敢！」

白素聽了，好一會不出聲：「或許他們更了解那天工大王的本領！」

我感嘆：「天下之大，無奇不有，竟然有這樣的異人在，我們以前，竟一無所知，也可算孤陋寡聞了！」

白素笑：「真不知足，單是地球上的事，已沒有人可以什麼都知道，何況地球只不過是宇宙中的一粒微塵，不知有多少事，是我們不知道的！」

我仍在感嘆：「不但不知道，簡直連想像也無法想像。眼前的事，小仙究竟有什麼大秘密，我就想不出來！」

白素伸手在我的額角上輕敲了幾下，柔聲道：「那就別想它！」

第二天，戈壁沙漠緊張地打電話來問：「有回音了沒有？」

我本想和他們開個玩笑，但是一轉念間，想到他們把這事看得十分嚴重，朋友之間開玩笑，也應該有個分寸，不能過分，所以我只是老實回答：「沒有——那天工大王住在什麼所在，難道那麼快就有回音？」

兩人嘆息：「根本沒有人知道他住在何處，近幾十年，也沒有人見過他！」

我道：「這就無稽得很了，怎知道這個人是不是還活着？可能早已死了！」

兩人道：「每年，他總會透露一些訊息給天工一級、二級、三級。」

我好奇心大熾：「用什麼方法？」

兩人遲疑了一下，才道：「去年，十二個天工一級的藝匠，各人都收到了一份圖樣，製造一個精巧之極的部件，單是那一個部件，誰也猜不到有什麼用，等到好不容易造好了，十二個人集齊，把十二個部件嵌好，仍然不知那是什麼，可是一接通電源，那東西就發出了三下哈哈大笑聲來。」

我不禁好笑：「這又有何難？」

兩人道：「這自然不難，難的是，在大笑三聲之後，整個物件，在三秒鐘之內，自動解體，每個部件，均由三百個零件組成，我們數了一數，一共是三千六百個零件，再也沒有一個是聯在一起的，我們十二人自認都做不到這一點，那自然是天工大王所為了！」

我悶哼：「這種惡作劇很難安排？」

戈壁沙漠尖叫：「很難，簡直難到了極點，難到了不可思議！不知要經過多少精確的計算，一點也不能出錯，才可以有那樣的效果——他用這個作為對我們的考驗，我們合格了，因為我們在製造過程中，也沒有絲毫錯誤，可是他卻是總設計師，是天工大王！」

我在兩人的語音之中，聽到了由衷的佩服，這使我更想認識這個異人。

兩人又道：「所以我們不敢輕易出難題給他！」

我嘆了一聲：「其實，你們也太執着了，既然在技藝上，他有通天徹地之能，你們的挑戰就算失敗了，至多拜他為師，也可以學點本領！」

兩人沉默了半晌，一個才道：「衞斯理，你不明白，我們的技藝雖不如他，但是相差也不致於如師徒！」

我道：「那難說得很，一線之差，到不了那個程度，就可以拜人為師！」

另一個的聲音苦澀：「還有一個極重要的原因，是早十幾年，曾有三個天工一級向他挑戰，結果失敗，那三人奉命到他指定的地方去見他，卻一去不回，再也沒有在人間出現！」

我聽了之後，先是一怔，接着「呵呵」大笑：「你們沒有看過金庸的小說，所以才會只向壞的方面去想！」

兩人確然給我說中了，所以反問：「此話怎講？」

我一面笑，一面道：「在《俠客行》這部小說中，武林高手，每年被俠客島派人請走，一去不回。江湖上都以為是遭到了殺害，但事實卻是，一眾武林高手到了島上，都被一部絕世的武功秘笈迷住了！」

兩人不笨，一點就明：「你的意思是，那三個天工一級，見了天工大王之後，沉迷在他所傳授的絕世技藝之中，所以一直沒有再出現！」

我道：「我只是指出，有這個可能！」

兩人又沉吟片刻，才道：「我們還是不敢試——因為我們現在，除了不是天工大王之外，什麼都有，一試之下，可能失去一切！」

我冷冷地道：「悉聽尊便！」

在這個問題上，我有點私心，我想由他們出面，請那天工大王出來，若是能打開那書桌的密鎖，當然可以滿足我的好奇心了。不料他們把事情看得如此嚴重，現在只好看飛鷹傳書的效果如何了。

過了一天，紅綾不着急，戈壁沙漠卻又打電話來問消息。再過一天，他們竟然幾乎每隔一小時，就來問一次，有一次我出去了幾小時，他們電話再來的時候，竟然緊張得聲音發顫！

於是，我半開玩笑半認真地道：「你們如此緊張，我看在家裏也必然坐立不安，不如帶備空中偵察儀，到我家門口來紮營，那麼，那鷹一回來，你們就可以率先知道！」

兩人聽了，居然大喜：「固所願也，不敢請耳——怕給你趕走！」

我怔了一怔，他們已把電話掛上，大約一小時之後，一輛小卡車駛到我家門口，我看到小卡車的車頂之上，竟裝有碟形天線，便知道戈壁沙漠真的帶着儀器趕到了。

我走到門外，兩人請我上車去參觀，車上除了可供兩個人坐臥的空間之外，全是密密麻麻的儀器，單是熒光屏就有七八幅之多。

兩人十分自豪：「這套空中偵察設備，雖然不致於連一隻蚊子飛過，便能辨出牠的雌雄，但是一隻蚊子，就絕走不了。電腦會在三分之一秒之內，自動讀出飛行物是什麼種類。」

我嘆為觀止：「那鷹——」

兩人立刻接口：「高度五百公尺，範圍半徑五千公尺，只要牠進入這個範圍，我們立刻可以知道，我們兩人會全天候留守監視！」

我駭然失笑：「一有消息，就通知我！」

等白素和紅綾回來，我對她們說起這情形，她們也大有興趣。紅綾更加好奇，上了那小卡車很久，我看到戈壁沙漠，鞠躬如也，送她下車，神情崇敬莫名。等她進了屋子，我問了一下，她輕描淡寫地道：「他們的裝備，略有不是之處，我提了一些改進的方法，他們很是高興。」

我知道紅綾在經過了她媽媽的媽媽的「教育」之後，各方面的知識已豐富，已到了地球上無人能及的地步。她的改進提議，自然使戈壁沙漠得益不少。這一點，自兩人崇敬的神情上，可以看得出來。

一連三天，仍然沒有訊息，這三天之中，我另外有一些不相干的事，常不在住所，每次回來，總看到戈壁沙漠失望的神情。

（五）求救信

那一天，我抵達家門口，正是黃昏之初，天際已有幾抹紅霞，晚秋時分，天高雲淡，氣候和景色都很是宜人，我看到戈壁在繞着車子踱步，一見了我，就道：「關老頭下午來找過你，見不着你，很是失望！」

我沒好氣：「見到了我也沒有用，我又不是天工大王，我打不開那密鎖！」

戈壁神情默然，紅綾這時，由屋中跳了出來，就在這時候，卡車的車號，突然驚天動地響了起來。

四周圍本來極靜，突如其來的車號聲，把人嚇了一大跳，戈壁都直跳了起來，嘶叫道：「來了！」

而不可思議的是，沙漠也自車中跳了出來，也叫道：「來了！」

兩人都在車外，誰在車中響號呢？

當然，很快地我就知道，他們把雷達探測系統和響號裝置聯接，在探測的範圍之內，一有目標出現，車號就自動響起。

我知道了這一點之後，我和戈壁沙漠，有如下的對話：

我有點責怪之意：「你們也太任意了，這裏上空，飛過的雀鳥很多，也有野生的鷹隼，要是一有大一點的鳥隻飛過，車號就大鳴，這還像話嗎？」

兩人翻着眼，反問：「這幾天，你們可有聽到車號？」

我道：「那是你們的運氣好，這幾天天上很平靜！」

兩人道：「才不，這幾天，有超過一千次大型雀鳥飛過探測範圍！」

我有點迷惑：「那為甚麼——」

兩人神情得意非凡：「黃金！我們的探測系統只對黃金起作用，天上的雀鳥再多，腳上戴着金環的，卻是獨一無二！」

事情一揭開，自然再簡單不過，我很佩服他們心思之精妙。

這都是以後的事，卻說當時，隨着兩人大叫「來了」之聲，紅綾也叫了起來：「看！」

她伸手向上指，我極目而望，看到了在夕陽的餘暉之中，有金光一閃。

那金光才一入目之際，真是比針尖還要細，可是眨眼之間，勢若閃電，陡然已下沉了許多，同時也看到，有一點黑影，隨着金光在下墮。是那鷹回來了，毫無疑問是。那鷹的來勢，快得難以想像，約在一呼一吸之間，已經清清楚楚可以看到牠是束緊了雙翼，向下疾俯衝下來的！

等到牠來到離地只有幾十公尺時，勢子竟然不減，那倒叫旁觀的人，都嚇了一大跳，因為以這樣的速度衝下來，撞在地上，非粉身碎骨不可！

戈壁沙漠和紅綾，都發出了驚呼聲，就在驚呼聲中，那鷹已直衝了下來，連我心中都打了一個突，可也就在牠將要撞到地上之際，雙翅陡然張開，掃向地面，就看這一掃之勢，帶起了一股勁風，牠的身子已騰空而起，竟然穩穩當當，落到了紅綾的肩上！

這一切，都在不到一秒鐘的時間內完成，看到了這樣的動作，才知道什麼叫作矯健，當真是令人嘆為觀止之至！

戈壁沙漠忍不住喝采，紅綾在鷹一到了肩頭之後，就伸手輕按了牠的身子，那鷹左右顧盼了一下，目光竟然停在我的身上，同時，向我舉起了一足來。我立即看到，牠足上的金環下，塞有布卷。

天工大王的回信來了！

這實在是令人振奮的事，我立時伸手過去，可是戈壁沙漠卻比我快了一步。但是他們手伸得快，縮得也快——那鷹竟不讓他們來取，利爪過處，向兩人手背抓來，若不是兩人縮得快，只怕就要鮮血淋漓！

剎那之間，兩人的神情，自然難看之極，我為了避免他們尷尬，急伸手，把那布條自鷹足的金環之下，抽了出來——說那是「布條」，並不恰當，那應該是布塊，如手帕大的，可是卻被摺成了布條，取出之後，首先看到五個字：衞斯理親啟。

我把布條向戈壁沙漠揚了一揚，既有「親啟」二字，那鷹不肯讓他們去取，也很合情理。兩人悶哼了一聲：「真盡責！」

而我在這時，已是滿腹疑竇了。其一，用布來寫信，那太特別了，而且，我發現那布的顏色，灰不灰，白不白，很是殘舊，邊緣毛糙，不是剪，而是撕開來的，看來竟像是一件舊衣服中的一幅，以「天工大王」的氣勢地位，怎麼會用這樣的材料來寫信？

而且，那五個字，字跡倒是蒼勁有力，可是筆劃斷續，時深時淺，顏色不一，我倒可以看出，那是用燒焦了的炭寫出來的。

用燒焦的樹枝在舊布上寫信，這難道是天工大王的一貫作風？

我先不將布條打開，只是充滿疑惑地向戈壁沙漠望了一眼。

兩人的觀察力很強，自然也看出了蹊蹺，他們搖了搖頭，表示不明所以。

我注意到了布塊在摺成了布條之後，另有小布條穿過，紮在一起，我先抽開了三根小布條，正要把布條抖開時，那鷹忽然撲向戈壁沙漠，把他們趕開了幾步。兩人大怒，一起斥責，那鷹卻一個盤旋，又撲向紅綾，把紅綾也趕開了幾步。

兩人呆了一呆，一起叫：「衞斯理，只准你一個人看這信？」

我也覺得事情怪得可以，朗聲應：「一般來說，寫上了『親啟』的信，都是只給收信人獨自看的！」

我這是怕紅綾不高興，所以才特地解釋得明白一些。看紅綾時，那鷹已回到了她的肩上，她笑嘻嘻地，絕無不愉快之色。

我知道事情太不尋常，就先不抖開布來，把布揑在手中：「我到書房去看。」

戈壁沙漠叫：「衞斯理！」

他們這一叫的意思再明白不過：信你可以一個人先看，但是信的內容，也須讓他們知道！

我略停了一停，很嚴肅地道：「現在我不知道信的內容，所以我不能答應什麼！」

兩人又叫，叫聲大是委曲：「衞斯理！」

我用力一揮手：「我一定盡我所能！」

反倒是紅綾，對那信並不關心，那鷹回來，她已心滿意足了！

我拿着那幅布，進了屋子，心中在想：不論那上面寫些什麼，只要有可能，我自然會和戈壁沙漠商量的。

進了書房，我抖開布塊，更可以肯定那是一幅衣襟，上面寫了不少字，也全是一看就知道，用燒焦了的樹枝或竹片寫出來的。

通常，人只有在十分困難的情形之下，才會用這樣的方式寫信，鷹主人難道是處在困境之中嗎？

我把布塊攤平，去看上面的字，有些字，相當模糊，要根據上下文理，才能認出是什麼字來。

絕對可以肯定，寫信人的環境惡劣之極，但是寫信人還是盡力依足了禮數，並沒有極形極狀，可知他雖在困境，但是還是很鎮定從容。

信的內容，出乎我的意料之外，我在事先，曾對鷹主人的回信，作過種種的預感，可是絕對想不到，我收到的回信，會是一封求救信！

是的，不折不扣，那是一封求救信。

信全文如下：「衞斯理先生，鷹兒攜來大函，幸何如之。久仰大名，身處困境，本已不存希望，只盼鷹兒能帶來人間訊息，孰料竟能得遇大德。僕因意外，遭難年餘，苟延殘喘，本不作生還之望，自拜讀大函之後，求生之意轉強，懇請閣下鼎力相援，僕亟需下列各物……」

信寫到這裏，這「下列各物」用的是英文，或德文，都是機械工程，或工具的專門名詞，我看了一下，一共有四樣之多。

最後，又是中文：「各物請擇最精巧型，交鷹兒攜回，此鷹極通靈，如無特殊意外，當可歸來，則僕可脫困境，能與閣下結書信緣，三生有幸。」

再下面，便是署名，一看署名，我就呆了一呆，先是三個漢字：「倫三德」，然後卻是一個非漢人的名字，使用的先是英文拼音，然後，是波斯文，姓名的譯音是「希布棱斯．倫三德」。

看來，鷹主人是波斯人！

而波斯人居然能使用那麼流利的中國文字，這人的學問，也就非同小可了！信並沒有什麼不可以公開之處，所以我向外面叫：「請全上來！」

不一會，戈壁沙漠就衝了上來：「小女娃放鷹去了。怎麼，信上說些什麼？」

我指着布塊：「你們自己去看。」

兩人一下子就看完了，現出了驚疑莫名的神情，我問：「那天工大王是波斯人？」

兩人既不點頭，也不搖頭，只是一片惘然。我道：「波斯巧匠，倒是舉世聞名的。」

兩人神情更疑惑：「天工大王每次給各人出題，都用各人熟知的文字，可知他的語文能力極強。」

我指着那幾行「下列各物」：「這都是些什麼東西，我看不很明白。」

戈壁沙漠不由自主搖着頭，一個道：「很奇怪，這第一件——正式的名稱，我也說不上——它能射出又細又強而有力的金屬線，這裏指明線長至少要有一百三十公尺。線的頂端，有一個鈎子，可以鈎住固定的物體，勉強可以稱之為鋼線槍。」

另一個道：「第二件，是玻璃吸引器，分手部用和足部用兩種，他兩種都要，這是利用真空原理，使人可以攀上光滑的表面所用的工具。」

另一個又道：「再一件，是小型儲電電鑽和金剛石鑽頭，一共要三枚，儲電電池指定要最強力的那種。」

我也大是疑惑：「第四件我看得明白，那是一個微型的電視攝像管連小型熒屏，是不是？」

兩人不住點頭：「他運氣好，這四項物品，我們所製造的品質，世間第一。」

兩人這話，自然可信。

這時，我們心中的共同疑問是：這位鷹主人倫三德先生，他要這些物品，是為了什麼？

我望向他們，他們也望着我，我道：「你們先說。」

戈壁沙漠各自吸了一口氣，一個道：「他信上說，他身在困境之中，他身陷困境，一定已有相當時日了！」

另一個道：「當他身處困境時，那鷹一定和他在一起，那鷹離開他，是奉他之命，向外求救的！」

兩人假設着那鷹主人的處境，在他們略停一停的時候，我點頭，表示同意他們的說法。

一個又道：「鷹兒可以離開那困境，他不能，這表示他身處在一個很深的洞中。」

另一個道：「或者是兩面都是千仞峭壁的山峽中。」

一個再道：「甚至是冰山的裂縫之中。」

另一個也提出了第三個假設：「或者，是在一個光滑的大圓筒之中。」

我都點頭，因為他們的假設都合理，鷹能離開，他不能，自然是鷹會飛、他不會之故，所以假設他的幾種處境，都有可能。

這一點，從他求助所要的物品上，也可以看得出來。可以射向高處的鋼線鈎，可以攀緣光滑表面的真空器，都說明他是在一個深洞之中。

戈壁沙漠繼續假設，一個道：「他在他的處身之處，可能還要進行一項探索——看來一有了脫困的希望，他卻並不急於脫困，還要利用硬度極高的金剛石鑽頭和微型電視攝像管，去進行研究。」

另一個道：「這一點，最不可解。如果他真的是天工大王，那麼他可以先脫困，再攜帶大量精良的工具，去進行探索。」

說到這裏，我也發表了意見：「如果他想離開深洞，一具性能好的個人飛行器，應該比鋼線鈎更好！」

兩人一起搖頭：「個人飛行器太重，那鷹負擔不了。」

我「啊」地一聲——放那鷹走，到鷹回來，足有八天。鷹的飛行速度相當高，可知鷹主人離此相當遠。鷹再通靈，也難以帶着重物作遠程飛行！

一想到這一點，我又不禁擔憂起來：「他要的這幾樣東西，有多重？」

兩人神情自得：「若是別家的產品，至少三公斤，鷹也無法負擔，但是我們的產品，卻可以不超過一公斤。」

我喃喃地唸着信中的句子：「如無特殊意外，當可歸來。」兩人苦笑：「特殊意外，誰也無法預防，我們當然照做！」

我用力點了點頭：「可惜他沒有說自己在何處，不然，可以趕去和他相會！」

兩人道：「這次再傳書給他，要他說明身在何處。我們幫了他這樣一個大忙，他不應該藏頭露尾！」

我向他們搖手：「不可挾恩自重，這類異人，生性大都古怪，不近人情，我們提只管提，他做不做，只怕勉強不來。」

兩人深以為然：「他的處境，還不算太壞，至少，他還有火可用。」

我問：「準備那幾樣東西，要多久？」

兩人異口同聲：「二十四小時。」

我老實不客氣：「明天見！」

戈壁沙漠駕着小卡車走了，我再把那封信看了幾遍，覺得我和他們所作的假設，應該很接近事實。

白素先回來，我們商量了一下，也出不了曾經討論的範圍。

紅綾很晚才回來，她一看了那封求救信，就道：「這人，怎麼不說自己在什麼地方，我們好去救他！」

白素道：「或許，他不願人家幫助！」

紅綾搖頭：「他派鷹兒出來，就是為了求救的！」

我的意見是：「你看這信，雖是求救，但是卻寫得大具氣派，可知其為人。」

紅綾一伸手，讓那鷹下來，那鷹停在桌上，不住用喙去輕點那布塊，這種「身體語言」，表示了牠對主人的思念。

我忽然心中一動，立時打電話給戈壁沙漠：「我想在那鷹的身上，多裝一個訊號發射裝置，可以進行遙遠跟踪，有效範圍越遠越好。」

兩人在電話中歡呼：「我們竟然沒有想到，五百公里距離沒有問題，問題是不容易跟踪。」

我沉聲道：「只好讓倫三德先生多等一兩天，我去借一架高性能的小型飛機來！」

兩人立時道：「雲家兄弟有，是我們和雲四風、雲五風一起設計的！」

我自然也知道，要滿足我的需要的「高性能小型飛機」，只有兩處地方可以提供。其一是戈壁沙漠所說的雲氏兄弟處。還有一處，就是新形式生命，活的機械人康維十七世那裏。

我決定向雲氏兄弟求助，原因之一，當然是雲四風的妻子，女俠穆秀珍是紅綾的乾媽，我讓紅綾先和她的乾媽聯絡。

大約二十分鐘之後，穆秀珍爽朗無比的笑聲，自電話擴音器中傳了出來，頓時滿室生春，暢快莫名。

剎那之間，穆秀珍和紅綾兩人，爭着說話，空間中全是她們的語聲和笑聲。我和白素，根本插不進嘴。我想起上次在陶啟泉的島上，和穆秀珍第一次相見時，陶啟泉說她正有極大的困擾，我曾告訴她，康維十七世或者能提供幫助，如今不知怎麼了。

等她們講了五分鐘之後，我才大聲叫了一句：「見過康維，問題解決了？」給我一叫，兩人陡然靜了下來，靜了好幾秒鐘，頓時顯得異樣。穆秀珍這才道：「見過那異種生命了，沒有什麼大不了的難事！」

一聽得她這樣說，我和白素互望了一眼，心中雪亮，知道她的困擾，並未過去。但是她不說，我們當然不便向她追問。

穆秀珍又提出了一個聽了令我很感突兀的問題，她道：「那位古怪的原振俠醫生，有沒有他的消息？」

令我很有突兀感的原因是，她顯然不是隨口問，而是很急切地想知道答案。

我也立即記起，上次在島上，她也曾提起過原振俠，很急切地想知道他的下落，並且說有古怪的事情，和原振俠有關。

古怪俊俏的原振俠，是在利用宇宙震盪，自新愛神星回歸地球的途中失踪的，連女巫之王瑪仙，也無法知道發生了什麼意外，也無法知道在複雜的時空交錯之中，他迷失在什麼情形之中。

原振俠迷失在太空，一想起這件事，我就如同心口壓了一塊大石一樣。有時和彼此都熟悉原振俠的人談起來，人人都感到難過之至。

可是，我卻從來不知道原振俠和木蘭花、穆秀珍姐妹相識。若是不相識，穆秀珍不會這樣問。若是相識，又是一種什麼樣的轇轕？

我一面飛快地轉着念，一面道：「一點消息也沒有，那是世上最令人不愉快的事！」

穆秀珍聽了，「嗯」了一聲，又靜了幾秒鐘，我趁機問：「上次你提起原醫生，說是有點古怪的事，如果需要共同研究——」

穆秀珍道：「或許會，但現在不！」

她說得很是含糊，但也阻止了我再問下去，我只好將之存疑。

我提出了要求：「向你借一架小型飛機，用來跟踪一頭鷹的去處！」

穆秀珍一聽，就怪叫了起來：「什麼事情，怎麼如此有趣？」

我嘆了一聲：「說來話長——」

穆秀珍又叫：「行了，不必現在說，我駕機來，見見紅綾和素姐，再聽你們說！」

這一下，不但紅綾，連白素也發出了一下歡呼聲，由此可知穆秀珍的受歡迎程度。

穆秀珍是急性子人，一有了決定，立刻實行，她掛上了電話，我在想，當我也放下電話，轉過身來時，她可能衝出屋子，上了車了。

紅綾高興之至，跳蹦了好一會，忽然道：「由我出馬，去跟踪鷹兒！」

我搖頭：「那鷹主人的行為古怪，你沒有應付這種人的經驗，當然由我出馬！」

紅綾讓了一步：「一起去！」

我笑：「只怕精巧的小型飛機，無法容納兩個人！」

紅綾道：「其實我們留在苗疆的那飛機，可能更加實用些！」

那架飛機，根本不是地球上的產品，自然先進得多，但是太惹眼，而且，也很巨大，不是任何地方都可以降落的，不適宜執行這次任務。

我開紅綾玩笑：「好啊，那就快通知你乾媽，叫她不用來了！」

紅綾怔了一怔，大搖其頭：「不好，當我沒説過話好了！」

白素向我投以責備的眼色，怪我不該這樣對待率直得毫無機心的紅綾，我裝作看不見。

第二天，戈壁沙漠先到，他們把鷹主人需要的物品，分裝在兩隻又堅固又輕的盒子中，盒子外有環，可以緊扣在鷹足之上。

（六）萬里跟踪

兩隻盒子的總重量，也不超過一公斤，那鷹帶了它們，仍可以作遠程飛行。那隻訊號發射器更小，尖端科技的微型產品，有時真令人驚嘆。兩人道：「飛機上有接收訊號的設備，你的困難是要維持很慢的速度——慢速飛行需要高度技巧，而且極度危險——」

他們才說到這裏，已有穆秀珍的聲音接了上來：「需要慢速時，可以選用直昇機翼的設備——連帶降落地點的困難，也解決了！」

我一轉頭，就看到白素和穆秀珍並肩站在門口，紅綾大叫一聲，撲向前去——她把自己當作小女孩了，還好穆秀珍武術造詣高，懂得如何卸力，否則，非給她撞倒在地不可！

戈壁沙漠「啊」地一聲，現出了不相信的神情——他們曾說過，曾參與那飛機的設計，顯然穆秀珍所說的直昇性能，是當時未能攻克的難關，而如今居然解決了，自然表示有人在能力上比他們高。

兩人呆了一呆之後，才道：「是老四的設計，還是老五的設計？」

他們口中的「老四」，就是穆秀珍的丈夫雲四風，老五，自然就是雲五風了。

穆秀珍笑吟吟道：「都不是——」

戈壁沙漠叫了起來：「豈有此理，不可能，是他們兄弟兩人，還有話可說。別人的話，雲夫人，你要小心——在天上飛行，低劣的設計，會導致生命危險的！」

穆秀珍笑：「我反正不懂，只覺得方便靈巧之至——咦，這鷹是誰養的？可愛極了！」

她生性好動活潑，在說着一件事的時候，會忽然扯開去說另一件事。這時，她看到了在屋角的那頭鷹，便忘了原來的話題了。

戈壁沙漠卻不肯放過她：「那是誰設計的？」

穆秀珍道：「這件事，說起來很奇怪，不是三言兩語講得明白的，四哥和老五都說，那設計者是天才，是鬼才，是奇才，總之，天下無雙！」

穆秀珍像是故意在氣戈壁沙漠，講的時候，語氣和表情，都很是誇張。兩人的神情，自然不很好看，他們「哼」地一聲：「聽起來，倒像是天工大王的傑作了，只可惜他自身難保，還要我們去救他！」

穆秀珍一聽，大是奇訝：「天工大王？那是什麼人？這稱號好有氣派！」

她說着，竟向我望來，我搖手不迭：「當然不是我，你太看得起我了，這天工大王，有可能，就是這頭鷹的主人——」

於是，我就把如何發現了這頭鷹的經過，和這些日子所發生的事，告訴了穆秀珍。其中，有關「天工大王」的事，由戈壁沙漠直接說。

最後，我道：「借飛機，就是為了要跟踪這鷹，為了找那位漢名倫三德的波斯人！」

穆秀珍點了點頭，默然不語——這種反應，和她的性格不是很合。而且，我也注意到，她在看了那布塊上的信之後，就一直在思索。

所以我問：「你認識這位奇人？」

問題雖然問得有點突如其來，但事實上，這問題簡單之至。可是穆秀珍像是覺得很難以回答，沉吟了一下，才道：「我不能肯定——那事太複雜了，我一直在查，也一直未有結果，現在不討論如何？」

我攤了攤手，表示沒有意見。戈壁沙漠卻悶哼了一聲，大表不滿。

我趁機道：「如果有甚麼事，是和原振俠有關的，請不要把我當作外人，我和他是極好的朋友！」

穆秀珍笑：「當然，很有可能，許多事之間全有關連，根本是一件事。」

我根本不知道她說的「許多事」是什麼事，對她的話，自然也摸不着頭腦，我可以肯定的只有一點：穆秀珍絕不是說話吞吐，故弄玄虛的人，可是在這許多事上，她卻欲語又止，一定有特殊的原因。

所以，我沒有再問下去，戈壁沙漠有點不耐煩地問：「你的飛機在哪裏？」

穆秀珍道：「在大廈的天台上。」

我知道，雲家是大豪富，在本市中心地區，有好幾幢摩天大廈。如果飛機能直上直下，那自然可以在大廈的天台上降落。

我問了一句：「一雲大廈？」

穆秀珍點了點頭——幾幢大廈的名稱簡單，一雲，二雲，三雲……餘此類推，其中以一雲最宏偉。

穆秀珍也心急：「請吧！」

我用最短的時間，攜帶了一些實用的工具，紅綾帶着那鷹，戈壁沙漠自行駕車，一行人等，在二十分鐘之後，就到達了樓高七十二層，一雲大廈的天台。

在廣闊的天台中心，我一眼就看到了穆秀珍的那架小型飛機——那是真正的「小」，大小和一輛兩門的小汽車相若，圓頭圓腦，線條很是現代。

我沒有看到橫伸的機翼，只看到機艙頂上，有一個直徑約一公尺半的圓盤，圓盤離機艙頂約一公尺，從機艙頂的形狀來看，圓盤可以落下來，嵌在機艙頂上。

戈壁沙漠繞着飛機轉了兩個圈，先是默然無語，接着，一起長嘆。一個道：「看了之後，我們也明白，就是想不出來。」另一個道：「哥倫布的雞蛋。」

兩人一起點頭，神情表示佩服——「哥倫布的雞蛋」是一個人所皆知的比喻，自然不必詳加解釋了。

穆秀珍打開艙門，機艙之內，確然只能供一人乘坐。她約略向我解釋了一下各種設備的性能。

飛行的原理不變，我相信對操縱它，並無難處，比較複雜的是跟踪系統。穆秀珍詢問了附在鷹足上的訊號發射的頻率，在儀器上略作調整，就對紅綾道：「可以讓鷹起飛了！」

紅綾撫着鷹身，說了一番話——這番話實在很孩子氣，很好笑，可是我們都沒有笑。

紅綾對那鷹道：「乖乖地帶着些那些東西，回到你主人那裏去，我知道你會很辛苦，但是你主人正等着用那些東西，很着急了。你一路上要小心，別惹是生非，以致誤了大事！懂了嗎？」

那鷹居然引頸作聲，以示牠「懂了」。紅綾一振手臂，那鷹立時冲霄而去。

穆秀珍指着一幅熒屏，熒屏上正有一行一行的字閃現出來，穆秀珍驚嘆：「飛行的時速竟然達六十公里！」

我道：「那還是在升高的階段，還可以更快！」

穆秀珍道：「我已設定和目標的距離是半公里——」

她停了一停，用詢問的目光望向我，我想了一想：「還可以再近一些，兩百公尺。」

穆秀珍又按動了一下掣鈕，然後雙手一攤：「一切都由電腦控制，目標快，它快；目標慢，它慢，需要高速的時候，機身兩邊的翼會自動張開，座位頂上是食物和食水，長時間跟踪，中途有可以降落之處，不妨降落休息兩三小時。」

她不但吩咐得詳細，而且，還極頑皮地學紅綾對鷹說話的口吻：「一路上要小心，別惹是生非，以致誤了大事！」不過她再頑皮，也不敢說最後的「懂了嗎」三個字，而且在一說完之後，立時抱頭吐舌，奔了開去。

我注意到鷹的飛行速度正在提高，已到了八十公里。但跟踪的範圍既然是五百公里，我時間充裕，不必着急。我先大大地伸了一個懶腰，然後輕吻白素一下，大是感嘆：「好久沒有這樣出動了！」

紅綾則對我可以「遠征」，表示十分羨慕。穆秀珍在一旁，看出了她的心意，握住了她的手，大聲道：「跟踪一頭鷹，有甚麼好玩，鷹飛得那麼慢，悶也悶死了。來，我帶你去做好玩的事！」

紅綾一聽，大是雀躍。白素搖頭：「天下大亂，不知何處何人，時運不濟，要倒大霉了！」

穆秀珍行事率性，紅綾更是不知天高地厚，兩人加在一起，闖大禍的機會，自然極高。我對白素的話，也有同感，但是我相信，當時，白素也好，我也罷，都是說說而已，絕未曾料到她們兩人真的有一連串的行動，做出了不少事來。穆秀珍所說「去做更好玩的事」，原來在那時，已有了具體的內容，不是說着玩的。

穆秀珍並且也向戈壁沙漠道：「關於那張書桌，你們不妨和四哥、老五他們聯絡一下。一人計短，二人計長，說不定有辦法——」

兩人一直在怏怏不樂，聽了穆秀珍的話之後，也沒精打采，只是順口應了一聲。

我坐進了機艙，門自動關上，按下了一個掣鈕，旋轉葉寧靜地轉動，機已冉冉上升——這玩意，真像是神怪小說中創造的法寶一樣。

由於是電腦控制，會自動追踪目標，所以我根本不必做什麼，我望着熒屏，目標已在三十公里之外，飛行速度是時速九十公里。自動追踪的目的，是和目標保持兩百公尺的距離，所以要追上去。

這時，我約略計算了一下：上次，那鷹飛走，過了八天才回來，鷹的體力極強，可以假設牠一天飛行十二小時，那麼，一天可以飛行一千公里，八天是來回八千公里，鷹主人遠在四千公里之外？

當然，這只是十分粗略的計算，氣流、鷹飛行的持續力等等因素，都沒有計算在內。但約略可知，鷹主人是在三千到四千公里之外。

鷹在向西北偏西飛，如果方向不變的話，三千公里可以飛到西藏、或印度、或阿富汗，四千公里，可以飛到波斯（伊朗）去了。

那位倫三德異人，若真是波斯人的話，那麼，目的地是波斯，自然大有可能。

我又自然而然，想起穆秀珍在知道了異人是波斯人之後的反應。那使我相信，她至少曾見過一個波斯人，並且曾發生一些事。

只不過現在我一點別的線索都沒有，自然也無法憑空臆測。

不多久，和目標已逐漸接近，等到固定在兩百公尺時，自機艙望出去，肉眼可見——不但可以見到鷹，更可以見到鷹足上金光閃耀。

雖然，我知道飛機有反雷達探測的「隱形」設備，但由於飛行高度不到兩千公尺，所以被發現的可能很大，一旦被飛越地區的軍事力量發現，就會相當麻煩，所以我十分留心周遭的環境——當然，就算有了麻煩，以這飛機的性能來說，要溜之大吉，是輕而易舉的事，但也妨礙了跟蹤的工作了。

我出發的時候，已經是下午時分，所以接下來，就是黃昏，面前紅霞奪目，壯麗無儔。不多久，天色便黑了下來，我注意到了目標的飛行高度正在降低，而且在原地盤旋，我知道那是鷹兒在覓食，進食之後，牠會找地方棲息，等第二天天明，再行起飛。

而恰好，我的下方是一個小山谷，看來很是幽靜，就算山谷中有些居民，但小飛機可以做到起飛降落時，幾乎寂靜無聲的地步，只要離民居遠一些，也不會被人發覺。

一切果如我所料，當飛機停在山谷之後，目標距離我約有六百公尺，也靜止不動。

我下了機，在附近走了一會，無法確知那是什麼所在，四周幽靜之至，天色全黑，最近的亮光，只怕也在一公里之外。我找了一塊大石作倚靠，抱膝而坐，膝上放着帶來的一小瓶烈酒，不時喝上一口，讓烈酒在體內化為一股熱流，順血管流動。

夜相當涼，天上繁星點點，我頓時感到天地之大和人的渺小。

環境很容易影響人的思緒，我這時的情形，就是如此，我感到人的渺小，超乎我平時所了解的程度。

人自稱是萬物之靈，自然在很多方面，都凌駕於其他的生物之上，但是若說對自然環境的適應，那就排名最末，連蟻都不如。

像現在，我跟蹤的鷹，就可以憑藉本能，翱翔萬里。我卻要依靠尖端科技，才能跟隨，與之相較，誰高誰下，也很明白了！

思緒一下子扯了開去，忽然又想到，理論上來說，人的視覺能力，並沒有距離的限制，可是隔得太遠的物體，由於變得微小，所以也就看不到了。

這時，我遙望所及的星空，雖然看來遼闊無比，但是單憑肉眼，能看出去多遠？用距離的單位「光年」來計算，不會超過四位數字。就算極目以望，能看出一萬光年，那對整個宇宙來說，又算得了什麼？

而迷失在宇宙中的原振俠，究竟是在宇宙的哪一個角落？想起來令人心寒，難怪連神通廣大之極的女巫之王，也說絕無可能把他找出來。

而等他自己出現的機會，也幾乎等於零！

永遠的迷失，永遠的飄流，永遠不知在何處……

我沒有再想下去，一口氣把瓶中的酒喝完，一躍而起，回到了機艙之中。

我可以放心睡覺，因為目標若是一有時速二十公里的移動，就會有警號聲叫醒我。

我也確然是給警號聲叫醒的，那時，東方正略有魚肚白，那鷹就已經啟程了！照昨晚牠棲息的時間來算，牠一天的飛行時間，竟超過十五小時！

我並不急着起飛，先下機舒展了一會手腳，進食，然後又開始了追踪。

我把第一天晚上的情形，記述得比較詳細一些，是因為接下來的兩個晚上，情形都大同小異，自然不必再重覆了。鷹的飛行方向並沒有改變，到了第四天，我估計已經到了阿富汗的境內。

我利用機上的地理資料，先把看到的一條河流的彎曲流道，輸入電腦，很快地，電腦就找出了這條河是巴基斯坦和阿富汗邊境的羅拉河，再向西飛，我確然會進入阿富汗。我這時的飛行高度超過三千公尺，不會有什麼人能發現我這個細小的飛行目標——當地的巨大羊鷹，雙翅橫展時，就比小型飛機大得多。

照那鷹上次來回的日子來看，牠已經離目的地不會太遠了！

所以，我特別留意地形，利用電腦探測，以確定我的飛行位置。

我估計那鷹在快到目的地時，不會再化時間休息一個晚上，會一鼓作氣飛回主人處——那樣對我來說，就相當不利。雖然我對在黑暗中飛行，一點問題也沒有。但是在着陸之後，白天尋找目標，總比在黑暗中容易多了！

但那也是無可奈何之事，天色漸漸黑了下來，那鷹毫無停歇之意。

而在前面，則出現了一座延綿不斷的山巒，特別高聳險峻的山峰，在昏暗中看來，更是雄偉突兀，無可比擬。

熒屏上立刻顯示出了「高希馬柴峰」的名稱，高度是一二四二七英呎，接近四千公尺，比我的飛行高度高，所以我才有整座高山迎面壓過來的感覺！

我知道飛機的自動飛行系統的性能絕佳，聲納探測可以使它避開任何障礙，作出升高或左右閃避的判斷。

我絕不怕飛機會撞山，可是等到越來越接近山峰的時候，我就發現，目標正在降低飛行的高度。

這時，我已經有理由相信，那鷹的目的地，就在高希馬柴峰之中。那種情形，使我的跟蹤，出現了極度的困難，我開始使用長程望遠鏡頭去追踪。

在熒屏上，我可以清楚地看到，那鷹雙足上的配備，一點也沒有少，而且經過連日來的長途飛行，牠一點疲態也沒有，仍然矯健無比，雙翅有韻律地撲動，動作強而有力，速度也沒有減低。

我所擔心的事，終於發生了，前面出現了對峙的兩座山崖，都是峭壁千仞，直上直下，兩崖之間，是一個極狹窄的空間。

探測系統立即測出，兩個山崖之間的窄縫，最寬處只有一點三公尺，而飛機的機身，是一點八公尺。

也就是說，那鷹可以直飛進這崖縫中去，而我卻進不去，我無法進行平行跟踪了。

那鷹果然直飛進了崖縫之中，飛機在到了離崖縫二十公尺處，紅燈亮起，嗚嗚的警號聲也響起，它自動向上升去，一直升到了峰頂。

雖然，在跟蹤的熒屏上，仍然有那鷹的蹤跡，但是我和牠之間的距離，已經是三千多公尺了。

一到了峰頂，白雪皚皚，怪石嶙峋，山勢險惡之極，兩座山崖之間的窄縫，竟延綿逾千公尺，地勢之險峻異特，到了難以想像的地步。

那鷹在崖縫之中向前飛，我知道牠在我的下面，我還是可以用肉眼看到牠。雖然那崖縫中黑暗無比，越近山腳越黑，但是遠程望遠裝置中，有紅外線設備，所以我可以看到牠。

當然，看到的形象不是很清楚。在那樣的窄縫之中飛行，看來十分吃力，身子在不斷搖擺，相信在那崖縫之中，有很是強烈的氣流，形成了一股勁風——空氣在通過狹窄的通道時，速度會變得很高，那鷹必須和強勁的氣流對抗，自然很吃力了。

那時，牠的速度很慢，我也將飛機的速度減到最慢。一直追蹤到了崖縫的中心部分，那鷹突然在一塊突出的岩石上，停了下來。

我看得很清楚，牠停了下來之後，一眨眼間，就在我的視線之中消失了。可是，熒屏上，仍然有牠的踪跡顯示——這說明了，在牠停留之處，附近一定有一個岩洞，牠進了岩洞，我肉眼看不到牠，可是仍然可以接收到牠足部訊號發射儀所發射的訊號。

我大是興奮：終於找到鷹主人的所在處了！

這裏異特的環境，也和我們的推測，十分吻合。我們曾假設鷹主人所處的困境，是在一個深洞之中，或是在削壁之下，這個崖縫不正是如此嗎？

我略定了定神，發覺就在不遠處，有一個平坦的石坪，可供飛機降落。

我打橫飛行了五十多公尺，到了那石坪之上，緩緩降落，飛機才一停定，突然震動了幾下，從機身的四處所在，射出了極粗的鐵鍊，約有三公尺長，鐵鍊的一端，是鋭利之極的槍尖。

那四股鐵鍊在射出來的時候，力道強勁之極，那足有五十公分長的鋭利槍尖，竟有三十公分左右，射進了峰頂的岩石之中——凡是高山峰頂的岩石，億萬年下來，未被風化，都堅硬之極，這一射之勁，竟有這樣的威力，當真是匪夷所思！我呆了一呆，心想，那四股鐵鍊，自然是為了固定機身而射出的，猶如船下了錨一樣，難道這裏有什麼力量可以使機身不穩？

剛在想着，已感到機身在搖晃——在四股鐵鍊的固定之下，還在搖動，我立刻想到了：強風！

也就在這時，又一盞紅燈閃動，熒屏上迅速閃現警告：「風速每小時一百二十公里，極度危險，再起飛時需啟動強力抗風設備——」

接下來的便是風向，風向竟變幻不定，看來是高山峰頂的亂流。

一看到了這些資料，我不禁發怔。本來，我已經打好了主意，一停了飛機，就出機艙，利用一具背負的飛行器，飛下崖縫去，只要落在那塊突出的石頭上，就一定可以發現岩洞，可以和鷹主人相見了。

可是如今這情形，一切都變得不可能了！

（七）鷹主人的邀請

時速一百二十公里的強風！我這個血肉之軀，六十多公斤的體重，一遇上這樣的強風，就會像紙紮的一樣被吹上天，那時，倒可以嚐嚐「御風」的滋味，但當然也少不了粉身碎骨的命運！

而且，峰頂之上，風勢已是如此之強勁，崖縫之內，當然風速更要高出許多，更是無法下去！

我不禁大是佩服那鷹，也知道牠在崖縫中飛行，是何等艱苦困難！

同時，我也想到了一個問題：那鷹主人是怎麼進入崖縫的呢？他用什麼方法克服了強風，可以使他置身於崖縫之中？

當然，要克服強風的方法很多，像現在，我身在小型飛機之中，就不怕強風的吹襲。而且，飛機有強勁的動力，可以逆風飛行——我剛才在飛行的時候，根本就不知道外面的風勢如此凌厲，直到停了下來才知道。由此可知，飛機的動力，足可以克服強風。

如果不是崖縫太窄的話，我就可以操縱小型飛機，飛下崖縫去。

一想到這裏，問題其實已很容易解決了——只要有動力強勁、更小的飛行工具，我就可以在那崖縫之中，上下自如了。

我知道飛機中有背負式的飛行器，一般來說，這類飛行器的動力都有限，只能使人在正常的環境中作短時間的飛行。雲家兄弟的出品，我相信與眾不同，但是否不同到了可以和這樣強勁的風力對抗呢？

我在座位的左側，打開了一道門，把那具飛行器取了出來，它很沉重，大小如新型的水肺。

在飛行器上，並沒有什麼數據表示它的動力。穆秀珍曾告訴過我，若是有關這飛機，有不明白之處，都可以通過電腦得到解答。

所以我把這個問題輸入了電腦，在幾排燈閃耀了一陣之後，熒屏上先出現的，是一個大大的「不」字，那個「不」字閃動了好幾秒，才是一行一行小字，先是那飛行器動力的數據，它指出在時速六十公里的風速下，是飛行器可以操縱自如的極限，接着指出，在如今峰頂的情形下，這具飛行器的動力，發動到極限，也不能夠和強風對抗，只能抵銷掉一部分。

最後，是嚴重警告：絕不能在這樣的環境中使用這具飛行器！

看了電腦這樣的分析，我不禁洩氣之至。我望着窗外，峰頂上光禿禿，寸草不生，我估計，打開門，我跳出去，被強風吹得打滾，憑我的身手，可以在高度危險的情形之下，雙臂環抱住一根鐵鍊，發揮我的體力，和強風對抗，在四小時之內，不致於被強風吹走。

可是在這四小時之中，我只能緊緊地抱住鐵鍊，無法有任何行動。而且等體力消耗到一定程度時，我是不是能回到機艙中來，都有問題！

這樣的胡思亂想，並非一點意義也沒有。我的體力，不足以和強風對抗，但體力遠勝過我的人有的是，眼前的紅綾和曹金福，都可以說是力大無窮，只要能有適當的工具，例如自機身中射出的槍尖，可以射進岩石之中，那麼，要進入崖縫，也就不是難事了。

我在想，是不是我先回去，設法把曹金福找來，還未曾有什麼決定間，忽然看到那鷹，搖搖晃晃，像是一隻斷了線的風箏一樣，自崖縫之中，升了上來。

那鷹的飛行姿態如此奇特，一如醉酒，我自然知道那是由於牠正在和強勁的風力作對抗的緣故。

鳥類都有天然利用氣流的本能，擅飛的鷹，這方面的能力，自然更是非同小可，可是看了那鷹的狼狽相，也可想而知亂流的力量，是何等強大。

一看到了那鷹，我就陡然一呆，立即轉過頭去，去看熒屏，那上面的亮點，卻紋絲未動，我再去看鷹，鷹正在漸漸向我飛近，我看到鷹足之上，除了繞着的金環之外，已經什麼都沒有了，包括了那訊號發射器在內，所以鷹雖然移動，熒屏上卻沒有反應。

那鷹顯然是在向我飛來，雖然牠左搖右擺，但是不消多久，牠還是漸漸接近了。

這時候，我又有了新的發現。我發現牠的雙足，抓住了一股細鐵鍊，那細鐵鍊極長，一端在牠的足上，另一端，竟還在崖縫之中！而且極細，一如粗線。

鷹飛到了近前，逕自飛向窗口，用翅去拍向窗子，一連幾次，被強風吹開，仍掙扎着飛近來，分明是牠要向我傳遞什麼訊息！

我躊躇了一下，一咬牙，按下了一個掣鈕，機艙的門，就向一旁緩緩移開。門才一打開，一股強風，直捲了進來，吹得人氣也透不過，那鷹卻乖巧之至，就順着這股強風，直撲進機艙來。機艙的空間很小，牠是直撲到了我身上的。

我側了側身，讓了一點空間給牠，那鷹把牠抓着的鐵鍊，向我手上一塞，我立刻抓住了鐵鍊。

那鷹一把鐵鍊交給了我，雙翅一束，向機艙外躍去，一到艙外，雙翅展開，翻翻滾滾，已順着強風，飛了開去，一下子就出了視線之外！

牠飛上來的目的，就是為了把鐵鍊的一端，交到我的手中！

剎那之間，我的思緒紊亂之極。這細鐵鍊的作用何在？那顯然是鷹主人叫鷹送來給我的，鷹足上的東西，連訊號發射儀都被取了下來，那當然是鷹主人的所為，這條那麼長的細鐵鍊，又代表了什麼？

這時，不住呼嘯着，捲進機艙來的強風，令我呼吸困難，處於半窒息的狀態之中，更叫人無法好好想一想。我心想，那鍊子很細，艙門就算不能完全關上，只剩下一道縫，總會比較好一些。

所以我按下了關門的掣鈕，誰知這一來，反倒犯了錯，中國北方有一句話：「針大的眼，斗大的風」——門關到了只剩一道縫的時候，自門縫中射進來的強風，力道更大，吹在臉上，簡直就如刀子在刮一樣。我一手緊抓着那細鍊子，一手順手拿起了一個座位旁的頭盔來，套到了頭上，這才大大吸了一口氣，略定下神來。

那頭盔設計甚佳，把整個頭都罩住，前半部全透明，頭盔上還附有通話儀和呼吸輔助裝置——這小飛機設備之齊全，出乎我的意料之外，而且全都實用，我在接下來的時間中，向電腦描述了我的處境，和我即將進行的活動，電腦就告訴我，機上有什麼工具可以幫助我。

直到戴上了頭盔，我的視力，才算回復了正常，剛才在又冷又強勁的烈風吹襲下，雙眼酸痛，而且淚水湧出，所以視力大打折扣。

也就在那時，我看到細鐵鍊的一端，有一塊小小的鐵牌，如大拇指指甲大小，很薄。在牌的兩面，都鐫有字，我看了一下，是總共六種地球人通用的文字，意義全一樣，這個字是：「拉」。

我吸了一口氣，拉，誰都知道是怎麼一回事，我就開始拉。

我一生之中，怪異的經歷極多，如今的經歷，不算是最怪，可是卻另有一股詭異。

我拉着細鐵鍊，看着細鐵鍊不住被拉進機艙之中，那一端還在崖縫之中，詭異也就在此——我不知拉下去，會給我拉出什麼東西來！

在那一剎間，我腦際閃過很多怪異的念頭，有許多傳說和神話之中，妖物或精怪，多有被收伏了用鐵鍊鎖起來，使它們不能再為禍人間的。

這股細鐵鍊的盡頭，是不是也有什麼精怪被鎖着呢？我這樣拉下去，會不會把它從禁閉的洞穴之中拉將出來？如果會，那我會拉出一個什麼樣的怪物來？是一個能令天下大旱的旱魃，還是一個能令平地九尺洪水的水魈？

正在想着，突然感到，手上的重量，已重了許多，向外着去，看到細鐵鍊已拉到了盡頭，連結着的，是一股較粗的鐵鍊，約有手指粗細。

把粗鐵鍊拉近了手中，上面有一塊手掌大小的鐵牌，上面還是用六種文字鐫着：「再拉。」

這時候，我已經隱隱料到再拉下去會有什麼結果了——將會是一條更粗的鐵鍊！

開始的鐵練如此之細，自然是方便那鷹抓了飛行之故，鷹無法把粗鐵鍊送到我的手中，那太重了，牠無法抓了它飛行。

我加快了拉的速度，在我的身邊，已堆了一大盤鐵鍊。果然不多久，就有更粗的鐵鍊出現，有手臂那麼粗，始端卻不是鐵牌，而是一幅布塊。

那布塊上顯然寫着字，但還未到手，也看不清楚。布塊一入眼，就十分熟悉，正如鷹主人給我的回信所用的一樣。由此可知，鷹主人在崖縫之中，那是千真萬確的了！

這時，我不禁躊躇了一下，略停了停手。因為我想到了一個問題：我這樣一直拉下去，很有可能，就此把署名為倫三德的鷹主人拉了上來！

雖然，我此來的目的，就是為了知道有一個異人，身在困境，來幫助他的。可是我對這個異人，一無所知，也無法估計他脫困之後的行為——若真是像傳說那樣，無意中放了一個大禍害，豈不是糟糕？

我想了十來秒，就不由自主搖頭，暗怪自己，行事怎麼那樣不俐落，多半是年齡的緣故，要在早年，怎會有那麼多的顧慮！

我繼續拉，直到把那布塊抓到手中，打開，看了上面的文字，我不禁呆了。

仍然是利用焦炭寫的：「衞斯理先生（當然是你），你把鐵鍊設法固定在峰頂，你牢牢抓住它，雖然在強風之中，移動會十分困難，而且極度危險，但是那是下達崖縫的唯一方法。等待着和你相見，倫三德。」

那鷹主人竟然是通過了這樣的方法，邀請我下去！

我脫口高叫了一聲：「好！我來！」

就在叫了一聲之後，我把處境和我即將採取的行動，輸入電腦，詢問它機上有什麼東西可以幫助我。

電腦的回答，第一項就是「戴上頭盔」。

接着，指示我使用一種特殊材料製成的手套，可以防凍、防滑。

各種設備很多，也很實用，我都一一遵照實行。只有一項，我想了一想，決定放棄——電腦建議我在腰際或胸背，掛上二十到三十公斤的鉛塊，那樣做，可以增加在強風的亂流中的穩定性云云。

我決定不採用這建議，是因為我已有粗鐵鍊可供我攀緣，風力再強，也無法把我連人帶鐵鍊一起吹走的！

在狹窄的機艙之中，把一切裝備配好，我深深地吸了一口氣，大喝一聲，移開艙門。

雖然我的頭盔可以使我呼吸暢順，可是我人還沒有離開，強風捲來，已使我雙手要緊抓住門緣，才不致被捲走，我不敢掉以輕心，先固定好了粗鐵鍊，然後，雙手抓住了它，向下滑去，鐵鍊晃動不已，等我雙足踏到了石坪，我想站穩身子，可是我立即發現，我不是站不穩，而是硬要和風力對抗，使身子站穩的話，要付出極多的體力！

在不知道進了崖縫之後會有什麼事發生的情形下，我必須儘量節省體力，不能浪費！

站不直身子，雙手抓着鐵鍊，半爬着前進，雖然難看一些，但卻很是省力！

維持着那樣的姿勢前進，速度自然極慢，我估計，每移動一公尺，至少要一分鐘。因為在鬆手的一剎間，我必須極其小心，雖然電腦指點我用安全帶把身子和鐵鍊聯結在一起，以防萬一脫了手，可以不致被捲上半空，但我也不想有這種情形出現。

大約半小時之後，我來到了崖縫的邊沿，在我將由橫行要變成垂直向下之前，我略停了一停——本來是為了凝神以應付更惡劣的環境的，但是我卻突然想起了一個問題來。

這個問題，很值得深思。那就是，這三截粗細不同的鐵鍊，第一截不是很重，第二截只怕已超過五十公斤，第三截如手臂粗細的鐵鍊，要直通向崖縫深處，長度至少有五百公尺，那重量是何等驚人！

這樣的鐵鍊，自然絕無可能是鷹主人在崖縫的岩洞中鑄造出來的。就算他便是戈壁沙漠口中的「天工大王」，他也無法在這樣的環境中，鑄造那樣的鐵鍊。

這個問題，雖然奇特，但是總可以假設出答案來——他可以把鐵鍊運進崖縫，也可以運上峰頂來，再縋下去，那問題都不難設想。

難以設想的是，他通過飛鷹傳書，要了幾樣東西，看起來全是為了在一個深洞中逃生而用的，可是事實上，他有這樣的鐵鍊，要逃出這崖縫，不是什麼難事，我可以沿着鐵鍊下去，他自然也可以利用鐵鍊攀上來，脫離困境。何以他自己不上來，反倒要我下去呢？

這一個問題，難以有假設的答案！

我想了沒有多久，心想，只好見了鷹主人再說。我小心翼翼，抓緊了鐵鍊，進入了崖縫。

才下去了幾公尺，身子就左搖右晃。我已穿了足夠的禦寒衣服，可是寒風還像是利針一樣，找尋着幾乎不存在的隙縫鑽進來。

我若是想快一點，可以技巧地滑下去，但是由於風勢太強烈，我不敢太鬆手。不過向下縋落的速度，總比在峰頂上移動快得多。

約莫又是半小時之後，我終於落到了那塊突出的石頭之上——我曾見那鷹停在這石塊上，一下子在我視線中消失，現在我知道了原因，確然有一個岩洞在。

那洞不大，恰好可供一個正常身型的人進去，鐵鍊也通向洞中。

崖縫之中，極之黑暗險森，才縋下來時，還有點光線，往下縋百來公尺之後，抬頭向上，只是一線光亮，當真是陰風慘慘，愁霧滾滾。

我估計我下縋了約有六百公尺，等到在那石塊上站定，也就和身在鬼域相仿了。

我在洞口，向內叫了一聲：「我來了！」

聲音通過頭盔上的傳音裝置傳了出去，在岩洞之中，引起了陣陣回音，聽起來很是深邃，那岩洞可能很深。

在回聲靜止之後，卻並沒有回響——這一點很令我感到意外，我預計鷹主人被困在此，我萬里迢迢前來，他就算不迎出門來，在我到達之後，他至少應該有反應才對！

我亮着了電筒，向前照射，只見前面黑沉沉的，那麼強力的電筒，一道強光射向前，竟然及不到盡頭。

那鐵鍊在進岩洞之後，就固定在洞壁上，進洞五公尺，鐵鍊就到頭了。

岩洞之中，雖然陰風陣陣，但人要行走，已沒有困難。我走進去了約有五十公尺，岩洞突然轉向右。

在這五十公尺的行程之中，我小心地觀察着周遭的環境。那岩洞顯然是天然形成的——大自然之奇，單是在各種各樣的山洞上，已令人嘆為觀止。我曾見過比這個更奇妙的山洞，所以並不以為怪異。

我轉向右，走了兩步，又提高聲音叫了一聲：「我來了！」

這一下引起的回聲，不如上一次之甚，那是因為岩洞在轉了彎之後，變得狹窄了的緣故。

可是，仍然沒有任何反應，這就令我覺得十分不正常。

我只好向前走，而在每走出十來步，我就問一聲：「有人嗎？」

問了五六次，沒有回應，山縫卻越來越窄，終於到了我無法通過的地步——要說明的是，並不是我真的不能通過，而是我身上的裝備，令我無法再向前去。

首先是那隻頭盔，它呈球形，直徑約有六十公分，這時在我面前的通道，自上到下，目力可及處，都差那麼一點，頭盔通不過，我自然也通不過——要過去也可以，得把它除下來。

我除下了頭盔，並不覺呼吸有什麼困難，空氣極冷，但卻也意外地，極其清新。

我用強力電筒向內照，不得要領，再用小型激光探測儀，卻發現直線行進，再行六十公尺，便是洞壁。那代表兩個可能，一是岩洞已到了盡頭，一是甬道在那裏，又轉了一個大彎。

不論如何，我總是要再向前走的。

別以為我除了頭盔，就立即可以向前走了，並不，因為我身上的特殊衣服很厚，我必須把它脫下來。和頭盔不同的是，頭盔除下之後，我無法帶進去，配備有許多儀器的衣服，卻可以帶進去。

我留下了頭盔，提着衣服，要側着身子，才能在狹窄的山縫之中擠進去，所幸兩面石壁，都異常光滑，減少了行進的困難，若是兩面尖銳，那只怕要遍體鱗傷了。

身處在這樣的環境之中，若是心理上對狹窄空間有恐懼感的人，只怕會發狂。我雖然心理正常，但也不免有極怪異的想法。

我想到的是，這樣處於山腹之間的石縫，當年不知是如何形成的？看來像是大山忽然裂開一樣。既然能裂開，自然也能合攏，要是恰在此際合攏了，我會變成什麼樣子？

想到這裏，我又大叫了一聲：「有人嗎？」

依然沒有回音，但是回聲卻宏亮了許多，這證明前面已變得寬廣，窄縫行進快結束了！

雖然同樣是在山腹之中，但在一個大山洞中，總比在這樣的窄縫中好多了。所以我加快了「橫行」的速度，不多久，我自然而然，發出了一下歡呼聲，因為我已進入了一個山洞之中。

剛才的激光探測沒錯，山洞確是到了盡頭。那是一個略呈扁圓形的山洞，洞頂很高，至少有二十公尺，並沒有鐘乳石下垂，很是光滑。

山洞的一角，竟有一股清泉，泉水很細，發出淙淙聲，流入一個水池之中。水池約有十公尺見方，在池邊，有十來隻奇形怪狀，很大（如蒲扇大小）的古怪蛙類蹲着。看到了我，個個鼓起了發白的腹部，突着眼睛，幽光閃閃地望着我，怪異莫名。

山洞中要詳細形容的地方很多，水聲吸引，先看到了那水池和怪蛙，所以就先說了它們。

更奇的是，離水池三四公尺處，有一堆火，火頭冒起半公尺高，火燄青白色，是溫度很高的火燄，可是又看不到燃料，竟是憑空起火的——走近去看，才看到在火堆之下，有不少小孔。

那當然是有易燃的氣體自小孔中冒出來，這堆火，簡直永遠不會熄滅。

這種情景出現在如此荒僻處的山腹之中，當然堪稱奇特，但並不是獨一無二，在中國的台灣省，有一處名勝，喚作「水火同源」，情形與之類似，都是大自然的妙作。

然後，我的視線被山洞的另一角所吸引，那一個角落，我一時之間，竟難以形容——那些物件，如果是在一個實驗室中看到，我當然會立刻想到，那是實驗室中的裝備。可是在山洞之中看到，真不知如何說才好了。

它們的主體，是一塊如乒乓球桌大小的石塊，那是天然生成的，就成了一張石桌。

在石桌上，有許多大大小小的儀器，很是凌亂，我已經走近，可是對那些東西，卻說不出名堂來。

在石桌之旁的一些工具，我倒可以叫出名稱，有很精巧的車床、刨床，還有各種金工常用的工具。

然後，在一個角落上，才是一個已經很是殘舊的睡袋，看來那就是鷹主人睡覺之處了。

我剛想到，到這裏，要經過一段如此狹窄的通道，那鷹是無法飛行，一定是走進來的了。也就在這時，我看到了桌面上的留字——直接寫在光滑的石桌面上，用的是焦灰水，水已乾了，所以我看的時候，要十分小心，不然會把焦灰吹走，字也不成形了。

（八）突發事件

看完了石桌上的留字，我忍不住罵了一句粗話，伸拳在石桌上重重打了一下，又抬腳踢了一腳，因為那實在令人生氣。

生完氣之後，我定下神來，想我應該怎麼辦。

當然，先得說一說石桌留言。

留言寫得客氣之極：「衞斯理先生，在恭候大駕光臨之時，忽然有重大發現，正屬多年來追尋之目標。先生久歷冒險生涯，當知多年探索，忽有突破之至樂。時機稍縱即逝，不得已累先生撲空。不日定將登門請罪，先生請回，此處非久留之地也。倫三德叩上。」

在署名之後，是一個波斯文的簽名。

千辛萬苦下了來，卻得到了這樣的結果，真正令人氣結，這位倫三德的留字，看來很容易明白，技巧很高，但是實際上，卻叫人越看越糊塗，只知道一件事：他離開了！

他沒有說他到哪裏去了，也沒有說他去做什麼了，反倒叫好不容易下了來的我，及早離去！

雖然他說會「登門請罪」，但我卻不樂觀，因為這個人的行為，太詭秘了！

我在石桌前的一個石墩上坐了下來，先想第一件事：他到哪裏去了？

這個山洞之中，別無通道，只有一個入口，那也就是說，他是從我進來的那個石縫中離去的，離開已有相當時間了，以致我沒有機會和他狹路相逢。

他離開之後，也不可能向上行動，因為那時，我正自上而下縋下來，他若是向上，我會見到他。那麼，他就是向下或向左右去了。

看來他準備去好久，所以才叫我快離去，不必等他。當然也有可能，他是在使詐，他不願意我看到他回來時的情形。

這樣的分析，使我決定並不立即離去。

我再想他去做什麼了。

從留言來看，他多年來，在這裏棲身，目的是為了追尋和探索一些什麼，卻一直沒有結果，直到等我下來的這段時間之內，才突然有了發現，所以才急不及待地離開。

會是什麼事呢？由於幾乎可以是任何事，所以根本無法設想。

我留意到，本來在鷹足上的訊號發射儀，這時在石桌上，但是戈壁沙漠製造的一些儀器和工具，卻不在了。

這是唯一的線索——他是帶着那些東西離開的。

從這唯一的線索推測，他得到了那些東西，也發現了訊號發射器，意識到可能有人跟踪而來，又料到了跟來的人可能是我（很了不起的推理能力），所以要那鷹把鐵鍊交到我的手中，邀請我下來。

要把鐵鍊交到我的手中，也不是容易的事，所以不必懷疑他邀請我的誠意。

從鐵鍊到我手，到我抵達這山洞，大約是兩小時，在這段時間中，情形的突變，是自然發生的，還是他利用了工具找到的？

戈壁沙漠的工具之中，包括了攀緣工具，鑽孔工具和微型電視錄像管，他是不是利用了這些工具，才有了突破性的發現？

我的推理，也只能到此為止，因為沒有什麼線索可供利用了。

我在山洞之中，逗留了一小時左右，不但不見人影，連那鷹也不見，只有水池邊的那幾隻怪蛙，不時發出「咕咕」的聲音，使得山洞中的氣氛，更是怪異。

我站了起來，把桌上的留言塗亂，以表示我心中的不滿。我沒有留下話，那進一步表示我對鷹主人的行為，有一定程度的怒意。

再從那狹窄的山縫擠出去時，我比進來的時候更仔細觀察——那山洞中別無通道，但是在很長的甬道之中，可能另有去路。

但一直到我拾起了頭盔，還是沒有發現，直至到了洞口，我一手拉住鐵鍊，站在那塊突出的大石上，一手用強力的電筒照射，心中的疑惑，越來越甚。

因為，除了向上，可以攀着鐵鍊，吃力地攀上去之外，根本沒有別處可去，直上直下的峭壁，看來很光滑，根本不能徒手攀移，可是又沒有光滑到了如玻璃表面的地步，所以也不能使用真空吸力攀緣工具。

倫三德唯一可用的，是鋼線槍，就算鋼線足以支持他的體重，他也無法離開這大石，射出一槍，能有多遠？射了一槍之後，就再也沒有可能射第二槍了。

強力電筒射出的光芒，在陰風慘慘的崖縫之中，來回移動，足有半小時之久，我想不出他是如何離去的。

我盤算了一下，那山洞之中，我可以棲身，那種怪蛙樣子古怪，多半也不會可口，但總可以作為食物，有水有火，算是很不錯的環境了。

我大約可以在洞中十天八天，等候倫三德的出現。

我在決定是不是這樣做之前，想到的是：值不值得，就算等到了他，又怎麼樣？

若單純地只是為了見面，那就不必了，他若是「登門請罪」，自然見得着。若是想知道他在追尋探索什麼，只怕也不會有結果——他若肯說，在留言中，也可以略說一二。

本來，我確然很想結識這個奇人，他有可能是戈壁沙漠口中的「天工大王」，可是事情突然有了這樣的變化，當真無可奈何之至。

想到這裏，我已決定離去了——我行事絕少這般虎頭蛇尾，但身處此種境地，還有什麼辦法。

再沿着鐵鍊上峰頂的過程，不必細述了，鼓了一肚子氣，體力的支出巨大，等到終於到了峰頂，進了機艙之後，我在座位上休息了好一會，才想到該如何處置那鐵鍊。

當然，我可以任由它留在峰頂，鷹主人回到山洞之後，只要拉動，就可以得回它。

但是我實在生氣，所以，我抓起了鐵鍊最細的那一端，用力拋了出去。最細的部分跌進了崖縫之中，立刻帶着其他部分，一起滑跌了下去，轉眼之間，無影無踪，只聽得崖縫之中，有一陣金屬的撞擊聲傳了上來而已。

我關上艙門，除下頭盔，大大地吸了幾口氣，發動了飛機的引擎。等到動力足可和強風對抗時，射出的四股鐵鍊，又自動收了回來，飛機也騰空而起。

我始終有點不甘心就此離去，所以我在升空之後，在崖縫之上，來回飛了兩轉。

也就在這段時間中，我忽然有了新的想法——飛機的機身大，進不了崖縫，但是機上有小型的電動車，卻可以駛進崖縫去。

我可以在山腳下，近崖縫處停了飛機，利用小型車駛進去。

我根本說不上這樣做有什麼目的，也沒有想到這樣做會有什麼結果，只是出於一種不甘心就此離去的心理。

半小時之後，小飛機就降落在離崖縫只有五十公尺處的平地上。我再通過電腦的指導，帶了應用的配備，在機尾部分，取出了那架電動車——車身極小，看來如同玩具一樣，和普通的小型賽車差不多。我穿着臃腫的禦寒衣服，又戴着頭盔，身體就比車身要大。

可是這小型車的性能卻極好，不但可以在崎嶇的路上行駛，而且速度可以高達時速六十公里。

我駕着小型車，駛進崖縫去，那崖縫，不但壁立千仞的峭壁很是平滑，連地面也很平整，車子的行駛，絕沒有困難。

駛進去不久，就已異常黑暗，抬頭向上看去，一線光亮，若有若無，景象怪異之極。

我雖然身在半空，已到過崖縫，但這時身在底部，又另有一番景象。峭壁看來更高，更陡，越向內去，勁風越強，甚至令得小車子搖晃不定。

這座山峰的附近，荒僻之至，剛才我在空中盤旋的時候，就沒有看到有村落，甚至也沒有道路可以通到山腳下來。這座山峰，有着這樣的一道裂縫，恐怕還未曾正式記載在地圖上。

這時，我行駛了約有一公里，我又突然想到，那個異人倫三德，他是如何發現這崖縫之中，藏着一個那麼奇特的山洞的？

偶然性的發現，幾乎沒有可能。就算來到了這裏，發現了這道崖縫，也斷然不會在如此惡劣的環境之中，漫無目的地去搜尋的！

想到了這個令人極度疑惑的問題，我停車不前，思索着答案。

我想了一會，覺得只有兩個可能：一是前人有什麼記載，提及那個奇異的山洞。倫三德是照着記載的指引找到它的。另一個可能是，那頭鷹發現了山洞，然後帶着主人找到了它。

我很相信，異人倫三德和那鷹之間可以溝通的程度極深。鷹發現了山洞，告知主人，也就很順理成章。

在這樣想的時候，我一直抬頭向上，而且利用了紅外線望遠鏡，可是我無法找到那塊突出的大石，當然更不用說看到應該下垂的鐵鍊了。

我嘆了一口氣，看來除了敗興而返之外，已沒有別的路可走了。

我駛出了崖縫，登機回去。回去只化了不到八小時，因為不必跟踪，就大可以高速飛行。

把小飛機仍停在大廈的天台，立刻有人迎了上來：「衛先生，請到總裁辦公室。」

我揚了揚眉，那人很恭敬地道：「雲總裁夫婦，正恭候大駕！」

雲總裁夫婦，那自然是雲四風和穆秀珍，他們在等我回來，這一點，很出乎我的意料之外。

而等我進了總裁辦公室，更意外的是，不但雲氏夫婦，還有別的人在：白素、紅綾、戈壁、沙漠，甚至還有溫寶裕。

我還未曾來得及向雲四風打招呼——雖然久聞大名，但是我沒有見過這位大名鼎鼎的傳奇人物，但是他高大挺拔，氣度不凡，又是唯一的陌生人，當然一眼就可以知道他是什麼人。

我向他走去，他也向我走來，就在我們握手時，溫寶裕已急不及待叫了起來：「你怎麼一去就如同石沉大海，音訊全無？」

我又是好氣，又是好笑：「你在胡說八道什麼？」

穆秀珍笑：「機上有完善的通訊設備，小寶以為你會和他隨時聯絡！」

我不禁失笑，我想到過機上有通訊設備，但我卻並沒有報告行踪的習慣，而且，也沒有求助的必要，所以我並沒有開啟整個通訊設備，就算他們要和我聯絡，也在所不能。我不想多解釋，只是揮了揮手，同時，向白素望去。

我用眼色詢問白素，是不是有什麼特別的事發生了，所以那麼多人，聚在一起。

白素回答我的眼神，相當複雜，先向雲四風和穆秀珍掃了一眼，表示這樣的聚會，是他們兩人發起的。接着她又道：「小寶和紅綾都擔心你老將出馬，不知能否勝任，而你又一點消息都沒有，所以雲先生才帶他們來看看你的行踪。」

我一時之間，有點不明白這一番話是什麼意思，小寶已搶着道：「設備好極了，這小飛機在什麼地方，一看就知道！」

我還是有點不明白，雲四風道：「我們的幾種交通工具，由於大都進行有危險性的任務，所以需要知道它在什麼所在——」

他說着，按下了一個按鈕，牆上的一個屏障移開，現出一副十分巨大的熒屏來，熒屏上有着世界地圖，和四個亮點，其中有一點，正在我所在的城市，另一個在地中海緩緩移動，雲四風道：「那是『兄弟姐妹號』。」

再有一個，正在格陵蘭移動，雲四風指出：「那是戈壁沙漠設計的飛機。」

第四個亮點，停在法國沿海，可想而知，那是他們的一艘深海探測潛艇。

一看到這種情形，我自然明白了——我駕駛這小飛機，飛往何處，何時停止，何時回來，在這個熒屏上都會顯示出來。

那自然是小飛機上有訊號發射出來，被這裏的儀器所接收之故了。

我皺着眉，心中蘊藏着不快，語氣自然也冷淡了些：「原來如此，此後向你借交通工具，要好好考慮了！」

在場的除了紅綾毫無機心之外，其餘全是聰明人，焉有聽不出我語氣中不愉快之理？

而且雲四風和穆秀珍兩人，顯然是在我還沒有表示不快之前，已經知道我必然會不高興的了，所以，帶有歉意的笑容早已出現。

雲四風向我行了一個敬禮：「對不起，絕不是有意，而是閣下沒有消息，而且更有一層關係，使我們有理由感到你此行可能有極度的危險，這才看一看你所在的位置，系統一發動，就看到你已經回來了。」

穆秀珍則道：「也不能盡怪孩子們，我和四風，都急着有事情和你商量，也想知道你怎樣了。」

我向小寶看去，只見他鬼頭鬼腦，裝着若無其事。紅綾卻很高興：「爸到哪裏，都能知道，真好！」

看這情形，再聽穆秀珍剛才的話，多半是溫寶裕和紅綾兩人，求雲四風開啟這系統。

在這種情形下，我那一點不快，自然也烟消雲散了。直到此際，戈壁沙漠才怯怯地問：「你見到了天工大王沒有？他……他……」

兩人太緊張了，一句話，說到了一半，竟然無法再說得下去！

我悶哼了一聲：「什麼人也沒有見到——就算見到了，那人也未必是天工大王，就算是什麼天工大王，你們都犯不上緊張成這樣！」

戈壁沙漠並不怪我話說得太衝，只是奇怪之至：「怎麼會什麼人都沒見着呢？」

白素和其餘人也神情訝異，因為他們都知道我的脾氣，斷然沒有入寶山空手而還的例子。

對着各人這樣的反應，我無可奈何，長嘆了一聲，把我的經歷，原原本本，講了出來。

雖然無功而返，但是我這幾天來的經歷，也夠奇的了。溫寶裕聽到了一半，就發出了我當時想到的疑問：「這山洞如此隱蔽，他是怎麼發現的？」

我反問：「你說呢？」

溫寶裕還在作思索狀，紅綾已搶着道：「神仙洞府，多在深山大澤之中，媽媽的媽媽，也曾在一個極隱蔽的洞中住過！」

溫寶裕高舉雙手：「那波斯人是遇到了神仙，帶他到那山洞中去的？」

我們幾個人，由於在一起久了，而思想方法又相類似，所以有很多大家都同意使用的語言。這些語言，和平常的意思，略有不同。

例如「神仙」一詞，在我們的語言之中，就等於是外星人的代名詞——因為有不少事實，證明了傳說中的神仙，就是外星人之故。

我點頭：「有可能，我曾設想過，那鷹發現，也有可能，或者是有什麼記載給他看到過。」

我這句話才一出口，雲四風和穆秀珍已不約而同，一起鼓掌。

兩人對我的話有這樣的反應，很叫人感到突兀。我立時向他們望去，他們卻一起作了一個手勢，示意我繼續講下去。

我略頓了一頓，就繼續敍述我的經歷，但我同時也在思索雲四風和穆秀珍兩人鼓掌的原因。

我的那一番話，是在分析異人倫三德如何會發現那個洞的可能。我提出了兩種可能性。當然，他們認為我其中的一項可能說中了，所以才鼓掌的。

是哪一種可能說對了呢？

那還不是問題，問題是，他們何以知道那個可能是事實？我早就思疑穆秀珍可能和異人倫三德打過交道，現在似乎又多了一項證明。

我扼要地把一切經過說完，各人一時之間，都默不作聲。紅綾最先打破沉寂：「爸，那鷹呢？」

我搖頭：「不知道，我在那山洞中，在崖縫中，都沒有發現牠的蹤跡。」

溫寶裕又高舉右手——他雖然話多，問題多，胡言亂語，信口開河，可是他有一個好處，那就是當有許多人在一起的時候，他如果想說話，例必先舉手。他一舉起手來，就道：「那倫三德怎麼可能離開山洞？照說，強風會把他吹走！」

戈壁沙漠一起揚起手來：「他帶有真空吸力攀緣器。」

我緩緩搖頭：「你們的產品，當然有效之至，可是山崖雖然堪稱平整，還沒有光滑到了這等程度。」

溫寶裕伸了伸舌頭：「會不會這個倫三德，也是一個氣體人？」

我瞪了他一眼，他立時收口：「在那段時間內，一定有了突發事件，他才突然離去的。」

紅綾不客氣地道：「這不是廢話嗎？」

他們在熱烈討論，我和白素卻不約而同，同時對雲四風和穆秀珍道：「兩位必然有中肯的意見，請說出來，以解我們心中疑團！」

兩人現出很是佩服的神情，一起點頭。戈壁沙漠也精靈之至，各自一揮手，失聲道：「兩位認識他，認識那叫倫三德的異人！」

後來，我問戈壁沙漠，何以他們一下子就明白了，他們的回答極簡單：「你用的那飛機，我們設計不出，雲四風也設計不出，只有天工大王，才有那樣的本領！」

卻說當時，兩人之中，穆秀珍先開口，她所說的話，駭人之至。她道：「那異人離開了山洞，但是沒有到山洞外面去，而是到了山峰的心臟。」

她說得十分正經，絕對沒有開玩笑的成分在內。而我們也把她的話，聽得清清楚楚。而且所有人的領悟能力都極高。

可是在聽了她的話之後，我們面面相覷，竟沒有一個人明白她這樣說是什麼意思。

雲四風這時才道：「你這樣無頭無腦地說，誰會明白你在說什麼！」

穆秀珍向我一指：「衛斯理一定可以明白，他是從哪裏離開山洞的。」

穆秀珍的話中，頗具挑戰意味，我把她說的話想了一遍，她說人離開了山洞，但不是到了山洞的外面，我不明白「到了山峰的心臟」是什麼意思，但是結合山洞中的情形來看，能符合穆秀珍所說的情形，只有一個可能！

我先吸了一口氣，因為事情很是奇特，然後我反問道：「那個水池？」

在那個山洞之中，別無通向他處的通道。但是那個水池，深不可測，在水池底部，可能另有通道，只有那樣，異人倫三德，才能不出山洞而離開山洞！

穆秀珍點頭：「顯然是。」

剎那之間，雖然人人不出聲，但是每一個人的問題，都擺在臉上：「你怎麼知道？」

穆秀珍道：「這事，說來話長，要從頭說起——我要聲明，在這之前，我們一直不知道那是什麼人，也不知道那是什麼事，只知道，事情可能和原振俠醫生有關——」

她說到這裏，略頓了一頓。我更是奇絕，事情怎麼會和在浩渺宇宙中迷失了的原振俠有關係？

（九）波斯胡人

我記得，穆秀珍曾不止一次，說及有一些事和原振俠有關，可是又語焉不詳，莫非就是這件事？

穆秀珍神情疑惑迷惘：「現在看來，和原振俠……只怕關係不大。我是直到聽說了有『天工大王』這個稱號，又看了署名倫三德的波斯人來信之後，才想起兩年前，我們遇到的一位異人，可能就是這個倫三德。」

她又停了一停，吸了一口氣，四面看了一下，這一刻，倒是紅綾最了解她的心意，一伸手，就抓了一瓶酒，遞給了她。

穆秀珍接過來，大大地喝了一口。這時人人都不出聲，試想，連大名鼎鼎的穆秀珍，在說這件事之前，尚且需要用酒來鎮定，其事之非比尋常，可想而知。

穆秀珍抹着口：「我回去和四風一商量，覺得有必要和大家計議，所以我們又來了。」

我早知道這次聚會是他們召集的，但是想不到事情會和那詭秘之至的波斯人有關。

溫寶裕代他們補充：「究竟是怎麼一回事，兩位一定要等你回來了才說！」

我也接過酒瓶來，喝了一大口：「聽起來，事情好像很複雜，怎麼又會和原振俠醫生有關？」

雲四風和穆秀珍眉心一起打結，穆秀珍道：「複雜倒不算，可是卻離奇無比——」

她說到這裏，向雲四風望了一眼：「應該從什麼時候說起？」

雲四風道：「當然是那次法國的航空展覽。」

穆秀珍點了點頭，開始說她認為不算複雜，但是卻離奇之至的事。

法國一年一度的航空展覽，我們都知道是怎麼一回事，所以穆秀珍只是簡略地介紹了一下——她的整個敍述，都和她的為人一樣，明快爽朗，一點也不拖泥帶水，所以聽起來很易明白。

一年一度的法國航空展覽，是人類在航空工業上成就的大檢閱，不但是民運航空業，連軍事航空也包括在內。參加展出的各種新型飛機，超過三百架，有大有小，各具有不同的性能。

除了整架飛機之外，還有大量的和航空事業有關的設計、儀器、新發明，甚至只是一個新的概念，參與展出。那是全世界航空業、電子業，精密儀器業者的頭等大事。每年盛會，各方精英雲集，當然，也有各行商人，穿插其中，完成數以億法郎計的龐大交易。

雲氏集團每年都有展品參加，他們的精密儀器和新創造，舉世聞名，在每次展出之時，也都能得到極高的評價。可是那一年的情形，卻有點出乎意料之外。

所謂那一年，穆秀珍說得明白：三年之前。

那一屆，雲氏精密工業集團展出的是一整套「隱型系統」——逃避雷達偵察的裝備，那可是各國國防航空工業的追求目標，各國在研究上，也各有所成，那不算是轟動的展品。

轟動的是，雲氏集團同時又展出了一套激光偵察系統，比雷達更先進，令所有的「隱形系統」，包括雲氏設計的那一套，都成為廢物。

這套激光系統，是雲五風的最新創造，其中主要的構成部分，列為絕對機密，而且，並不出售。

這套設備，當然備受矚目，可是鋒頭還是被他們的另一件產品，他們並不打算展出的一樣產品，蓋了過去——那是雲四風和穆秀珍駕來的一架小飛機，由戈壁沙漠設計，才製造成功。

那架小飛機才一降落，就吸引了參觀者的注意。前來參觀的，都是行家，自然識貨，一看之下，都讚賞不已，有的更是眼利，一看就指出：「那一定是怪傑戈壁沙漠的設計！」

當穆秀珍說到這裏時，我向戈壁沙漠望了一眼。

照他們的性格而言，聽到他們的設計在展場中大出風頭，必然有洋洋自得的神情。可是出乎意料之外，兩人非但一點也不高興，而且還愁眉苦臉，神情沮喪。

我略為一想，就明白他們何以如此了——他們的設計雖然好，但是後來，別人的設計，比他們的更好，自然沒有什麼可以值得高興的了。

雲四風和穆秀珍是萬眾矚目的小型飛機的主人，在許多人的圍觀之下，少不得要答覆一些問題，作簡略的介紹，在他們的周圍，至少有七八十人。

有幾個人，一副財大氣粗的模樣，大聲詢問飛機的售價，在得到了「這是非賣品，可以訂購，總價包括設計費在內，大約是七億法郎」的回答之後，也都縮了縮頭，不再出聲了。

就在這時候，雲四風和穆秀珍兩人，突然聽到一個人，用地道的中國北京話，以很響亮的聲音在說：「現在的人是怎麼啦，什麼破銅濫鐵，也當寶貝欣賞！」

在這樣的情形下，聽到了這樣的話，這「破銅濫鐵」，顯然是指他們的飛機而言。雲四風和穆秀珍知道在場，聽得懂那種語言的人不會多，簡直就是衝着他們，有意生事來了！

雲四風淡然一笑，穆秀珍就有點沉不住氣，立時循聲看去，一看之下，並不見有她的「本國同胞」——聽到了那麼地道的方言，自然立刻聯想到了中國人，可是放眼望去，全是夷人。

穆秀珍正想開口，卻叫雲四風作了一個手勢阻止了——因為在這種情形下，女性發話，有失矜持。雲四風朗聲道：「剛才是哪一位高人發話，怎麼只聞其聲，不見其人？」

雲四風用的，也是地道的京腔，在他身邊的一些洋人聽不懂，都大是愕然。

雲四風在說的時候，目光銳厲，盯着剛才話聲傳來之處，他以為那發話之人，藏頭露尾，那就可以在他還話時，把他認出來。

誰知道他話才一說出口，就聽得一陣哈哈大笑聲，有人立刻回了話：「我自在這裏，你卻瞧不見我！」

這一次，把發話的人，看了個明明白白，清清楚楚，穆秀珍和雲四風兩人，都不禁呆了一呆。因為那人，絕對不是本國同胞。

其人身高兩公尺左右，膚色棕黑，深目高鼻，鬈髮虬髯，身型紮壯，竟是一個波斯胡人！

穆秀珍說到這裏，取出了一隻紙袋，拿出了一張速寫畫像來：「這是我們記憶猶新時，請繪像專家畫的，一如相片，諸位請看。」

我們當然知道在這個波斯胡人身上，會有不少事發生，不然，穆秀珍也不會那麼做。

我把畫像接了過來，大家一起看。

單從畫像看來，看不出什麼特別，只覺得他深陷的雙目炯炯有神，但大多數波斯人，都是這個樣子。

我問戈壁沙漠：「這人便是……天工大王？」

兩人搖頭：「沒有人知道天工大王是何等模樣，但如果你用的那小飛機是他的設計，那麼，他大有可能，就是天工大王！」

我沒有再問下去，因為看雲四風和穆秀珍的神情，像是那波斯人是不是天工大王，無關緊要，想必還有更令人意外的事發生。

大家對那畫像，沒有什麼特別的反應。穆秀珍和雲四風也不感到意外，他們說：「我們至少給上千人看過這畫像，可是沒有人認得出他是誰來。」

我發表意見：「這人的樣子，是一個極普通的波斯人。你到德里蘭的街頭去，可以看到成千上萬這樣的人——我認為那是刻意和精心化裝的結果。」

雲四風同意我的看法：「我也認為如此，他的真面目，不想讓人知道。」

紅綾性子急：「他說你們的飛機是破銅爛鐵，他自己又有什麼好東西了？」

正是，當時雲、穆二人一看到發話的竟然是一個波斯人，都大是驚訝，不過他們也知道，這波斯人一定大有來頭。

倒不是由於他能說一口地道的北京話，而是雲氏企業，赫赫有名，他竟敢當面出言不遜，若不是有來頭，怎會有這樣石破天驚的行為？

當然，他們並不生氣，雲四風問的那句話，就是剛才紅綾問的，只不過他為了使周圍的人，明白發生了什麼事，他是用法語問那波斯人的：「閣下說我的飛機是廢銅爛鐵，請問閣下有什麼好東西？」

雲四風此言一出，四周圍的人才知道發生了什麼事，不禁人人嘩然，都對那波斯人投以不滿的眼光。

波斯人淡然一笑，向前走來，來到了雲氏夫婦面前，突然伸手，向空一揚——他這個動作，突兀之極，雲四風和穆秀珍兩人，都以為他是要出手打人，所以兩人不約而同後退了一步。

也就在那一剎間，嘖嘖稱奇之聲四起，連雲氏夫婦，也不禁為了眼前的罕見景象，發出了「咦」地一聲。

只見波斯人的手還揚在半空，有一頭鷹，正向他疾衝而下，來勢快絕。那鷹的雙足之上，金光閃閃，繞着一副金環，一隻爪上，抓住了一個圓筒，轉眼之間，就用單足，停在波斯人的拳頭之上！

波斯人一伸手，接過那圓筒來，那鷹立時又振翅騰空而起，轉眼不見踪影。

穆秀珍脱口讚道：「好鷹！」

她本來在讚了一句之後，還想説「鷹雖好，也不能和飛機相比」的，可是波斯人卻一笑，把那圓筒，向她遞了過去：「好東西在裏面！」

那圓筒直徑五公分，長度約二十公分，硬紙所製。自然，筒中可以是任何東西。波斯人的動作，顯然是要穆秀珍自己打開來看。

在這樣的情形下，任何人都不免略為猶豫，因為對方來歷不明，行為怪異而且含有敵意。圓筒一打開，若是竄出什麼劇毒的怪蟲怪蛇，也防不勝防。

可是穆秀珍性格大開大闔，一到手，想也沒有想，就打開了圓筒一端的蓋子。雲四風在一旁，想要阻止，已經來不及了。

波斯人則對穆秀珍的行動十分欣賞，也大聲讚了一句，不過用的詞句，卻不敢恭維，他叫的是：「好女人！」

打開了圓筒，穆秀珍看到裏面是一卷紙，紙質甚薄，取出來一看，是一疊設計圖樣，穆秀珍才看了一眼，就失聲叫：「四風——」

雲四風過來，也是只看了一眼，便立時抬頭向波斯人望去，神情佩服之至。

穆秀珍說到這裏時，各人反應不一——戈壁沙漠垂着頭，像是不想再聽下去，溫寶裕張大了口，一副性急的模樣。紅綾拉我的衣袖，低聲道：「那鷹，就是我的那頭。」

在穆秀珍講到波斯人一揚手，就有鷹自天而降時，我就知道是那頭鷹了。但是我還是糾正了紅綾的話：「是那頭鷹，不是你的！」

紅綾不再出聲，但卻大有不以為然之色，我也沒有再說什麼，因為我也急於聽下文。

雲四風和穆秀珍都是大行家，看了第一頁，就知道那是性能卓越之極的小型飛機的設計。而且奇的是，就在第一頁，就解決了兩項戈壁沙漠設計中未能做到的高性能——倒像是這份設計，是針對他們的小型飛機而來的！

兩人對這波斯人大是改觀，說話的語氣，自然也大不相同：「請借一步說話！」

那波斯人這時也變得客氣起來：「兩位果然是大行家，一見便知龍與鳳！」

他不但漢語流利，而且用字用句，都恰到好處。這時，有雲氏企業的職員過來，雲四風匆匆交待了幾句：「我有極重要的事，所有約會，一律取消！」

他說着，向波斯人揚了揚手中的設計圖紙，卻並不交還，這表示了他已有決心採用這設計了。波斯人也無甚取回的表示。

雲四風這才向波斯人伸出手去，雖然他明知對方早已知他是誰，但是他還是作了自我介紹，也介紹了穆秀珍。那波斯人和他握手，也報了姓名，報的是一個很冗長的波斯名字。

穆秀珍有過人的記憶力，她在說到這一部分時，就把那波斯姓名背了出來。那名字的最後三個音節，確然可以音譯為「倫三德」。穆秀珍道：「所以，上次我一看到那封信，就知道你想找的鷹主人，就是我曾遇到過的那波斯人。」

她作了這樣的補充之後，又向戈壁沙漠望了一眼，兩人立時有了反應：「雲夫人，當你說到波斯人對我們兩人的批評時，請不要隱瞞什麼！」

穆秀珍道：「波斯人對兩位的評價極高，他說：這是戈壁沙漠的設計吧，剛才我說破銅爛鐵，那是語不驚人死不休，故意吸引兩位注意。這一對寶貝，吃虧在心頭太廣，做的東西也太雜，而且沉迷追求微型，小了還想小，這就限制了他們的發展，不過這也是天性生成，勉強不來的！」

穆秀珍覆述了波斯人的話之後又說明：「我一個字也沒有改過，四風，是不是？」

雲四風點頭：「確實是。」

戈壁沙漠兩人的神情，竟然變後複雜之極，又是高興，又是激動，還有幾分傷感和無可奈何，也有若干感激。顯然是波斯人的話，字字都打中了他們的心坎，說出了他們的一生！

兩人不約而同，喃喃地道：「天工大王！天工大王！除了他，再也沒有人能說出這一番話來！」

那種感慨之情，我其實不是很能了解，只是看得出，他們知道了天工大王對他們的評價之後，還是高興多於感慨的。

到了雲氏企業在展覽場的辦公室，雲四風開門見山：「閣下的設計，應該是世界之最了，請問要多少設計費，才能出讓？」

波斯人聽了，「呵呵」笑着，把雙手一攤：「分文不取，送給你的！」

雲四風呆了一呆，隨即問：「生產兩架，你我各一？」

波斯人像是再也未曾有過這個念頭，聽了之後，想了一想，笑道：「這生意不錯，不過我還用不着它，免了吧！」

雲四風嘆了一聲，把設計圖紙伸向波斯人：「我不能白要你的！」

波斯人捋着虬髯：「誰說你可以白拿？我要問你一些事，你回答我，就是幫了我！」

雲四風實在捨不得放棄，聽了之後，大是高興：「請問！請問！」

波斯人皺眉：「有一個人，專醫疑難雜症，此人名喚衞斯理，和你大有交情？」

雲四風點頭：「是，而且我也在他的疑難雜症之中出現過，你想找他解決疑難？」

波斯人點頭：「是，不過聽說他很難找，有熟人介紹，會好一些！」

雲四風拍心口：「我先替你打電話，你去見他，絕無問題！」

聽穆秀珍說到這裏，我不禁大是疑惑，因為非但沒有什麼波斯人來找我，連雲四風的電話，我也沒有收到過！

白素一看到我有疑惑的神情，就向紅綾呶了呶嘴，我也立刻明白了——雲四風找我的時候，一定是我和白素都在苗疆，那自然找不到我了。

只是何以後來，在陶啟泉的島上，見了穆秀珍，她也一點沒有提起呢？暫時的解釋，只好說她不是多事的人。

波斯人聽雲四風說得如此肯定，大是高興。雲四風也立時拿起電話來，可是沒找到我，雲四風道：「這位先生有點神出鬼沒，這樣，如果事急，你拿我的介紹信，上門去找他！」

波斯人在失望之餘，居然也接受了雲四風的辦法，雲四風立即提筆寫信，在信中把波斯人推崇備至，稱他為奇才異能之士。

聽到這裏，我大聲聲明：「他沒有來找過我。」

雲四風和穆秀珍齊聲道：「顯然是，或許是他改變了主意，或許他自己有了新的發現，但當時，他急於想見你，卻絕對可以肯定。」

我問：「兩位沒有問他因為什麼事要見我？」

雲四風道：「問了！」

他只說了兩個字，就望向他的妻子，讓她來說當時的情形——雲四風不是很喜歡說話，這種情形，我見得多了，也不以為怪。

當時，由於沒能聯絡上我，波斯人雖然鄭而重之地收好了雲四風的介紹信，但總不免有點怏怏之色。穆秀珍看在眼裏，就對他道：「閣下想找衛斯理，不知有什麼事？論醫治疑難雜症的本領，他自然功夫一流，但也未必只有他一個人能，原振俠醫生，亞洲之鷹——」

穆秀珍本來，是想舉幾個人名出來，表示那些人，也都有解決疑難的本領，她準備說的人，包括了原振俠、羅開、浪子高達、年輕人和黑紗公主，並且也準備說到最後，以「即如區區在下，也不甘後人」作為結束。

可是奇怪的是，她才說出了「原振俠醫生」五個字，那波斯人就大叫了一聲，直跳了起來。他身形高大，聲音宏亮，突如其來，反應如此強烈，一下子把穆秀珍想說的話，全都堵了回去。

雲、穆二人，用奇怪之極的眼色望向波斯人，波斯人的神情更古怪，而且叫了一聲之後還不夠，深深地吸了一口氣，再大叫了一聲。

接着，他拿起筆來，就寫了「原振俠醫生」五個字——他不但漢語流利，一手漢字，也鐵劃銀鈎，十分蒼勁。他指着這五個字，望向兩人：「原振俠醫生？真有這個人，就是這……原振俠醫生？」

雲、穆二人被他的反應弄得莫名其妙，齊聲問：「你認識原醫生？」

波斯人的回答更奇：「剛才是我第一次聽到他的名字。」

若不是曾親見他交出來的設計圖如此精彩，這時聽他說話如此語無倫次，一定把他當作是弱智人士了。

兩人齊聲問：「你第一次聽到他的名字？」

波斯人立時道：「是，我接觸到這個名字，是看到的，不是聽到的——原來真有這個人？他——」

穆秀珍搶着道：「他神通廣大，遭遇奇特，奇怪你會不知道有這個人！」

波斯人的神情有點支吾：「我把一生精力化在設計創造上，和外界極少接觸。兩位認識原醫生？是不是可以令我見到他？」

雲、穆二人這時都感到，穆秀珍雖然是在無意之中提起了原振俠的名字，但是波斯人的反應，奇特之極，這時，他急於見原振俠之情，甚至在急於見衛斯理之上！

二人聽得他提出了這個要求，都不禁喟然長嘆。因為那時，距女巫之王瑪仙自新愛神星回地球來不久。瑪仙帶來的，有關原振俠迷失在浩渺宇宙中的噩耗，也才傳了開來，認識原振俠的人，心頭都像是壓了一塊大石一樣。

波斯人看出情形有異，忙追着問：「怎麼？不可能，你剛才還提起他的名字——」

穆秀珍作了一個手勢：「關於他的故事，說來話長——」

波斯人亟亟道：「不要緊，我有時間聽。」

穆秀珍於是便把原振俠的遭遇，簡略地說給波斯人聽，波斯人聽得極用心。雖說只是簡略地說，但是由於牽涉到的人和事，實在太錯綜複雜，所以也化了足足一個下午的時間。

當波斯人聽到活了的機械人那種新形式的生命時，神情欣羨，指着頭，感嘆道：「地球人的頭腦，是絕無辦法和他們相比的了！」

（十）大山甦醒

雲四風道：「地球人的頭腦，被使用的部分，只有萬分之一，還有巨量的潛能可以使用，但是地球人的身體，卻實在太不中用了，根本不能和新生命形式相比，萬分之一都不如！」

感慨了一陣，穆秀珍說出了最後結果。

波斯人的表情，複雜之極，又是奇訝，又是不信，看來百感交集。

雲四風忍不住說：「看你的樣子，一點不像第一次聽到原振俠醫生的名字，倒像是認識他很久了！」

波斯人伸手在他自己的臉上，重重撫摸着，神情更是古怪莫名。

從他的神情來看，分明是他對原振俠的事，大有興趣，穆秀珍忍不住問：「原醫生大是有名，你在『看到』了他的名字之後，只要稍作打探，就可以知道他的事蹟，何以竟會在我口中，才第一次聽到他的名字？」

波斯人苦笑，用力拉着自己的鬍子：「我何止打探，也曾化了一番功夫研究，可是我卻怎也想不到他是現代人，只在古籍中去尋找，自然一無結果！」

雲、穆兩人都怔了一怔，波斯人這一番話，他們聽得很清楚，可是究竟是什麼意思，卻不容易明白。

穆秀珍說到這裏時，也向我和白素望來，顯然是想徵詢我們的意見。

由於她的神情，不像是想考一考我們的理解能力，所以我心中暗暗奇怪：那波斯人難道沒有進一步地說下去，以致他們至今不明白那番話的意思？

我正在想着，白素已先開口：「聽起來，像是他在什麼地方，看到過原振俠醫生這個名字，可是卻將之當作是古代人了！」

我也是這樣想，但我還有疑問：「使波斯人把原振俠當成古代人，那必然是他看到原振俠名字的場合、物件，和古代有關——但原振俠是現代人，照說，沒有這個可能！」

戈壁沙漠插言：「若是古代有一個人，同名同姓，就有可能了！」

我笑了一下，或許有這個可能，但是我疑問未解，我再問：「見到了這樣的一個名字，也是很平常的事，波斯人何致於要去探索研究？」

穆秀珍用力一揮手：「對啊，當時，我們對他說的話不是很明白，也曾用同樣的問題問他！」

穆秀珍在這樣說的時候，神情很是沮喪，溫寶裕首先叫了起來：「這可惡的波斯人沒有說！」

穆秀珍點頭。

當時，穆秀珍把這個問題，連問了三遍，可是波斯人只是一個勁兒搖頭，臉上的神情，越來越古怪，而且不住用手去撫臉——他臉上的肌肉，竟不受控制地在跳動，要用手去按撫，由此可知他此際的心情，一定激動之至。也使人知道，他和原振俠之間，必然有什麼古怪的事存在。

可是，波斯人卻沒有繼續說出來。

所以，穆秀珍始終不知道那是什麼古怪。也所以，在陶啟泉的島上，穆秀珍見了我，很想和我討論這個問題，可是千頭萬緒，不知從何說起，她才只說了一句「有些古怪的事發生在這個古怪的醫生身上」。

直到這次，她知道了我要找的人，和當年那波斯人，極有可能是同一個人時，她才有機會把當年的事，原原本本說出來。

那波斯人的古怪神情，好一會才平復，約有三四分鐘，在這期間，他自顧自在一個櫃中取酒來喝，每喝一口酒，就肆意批評，說的話極內行，顯示他對酒的知識，豐富之極。

然後，他竟像是根本未曾討論過原振俠這個人一樣，大大吁了一口氣：「我要找衛斯理，是想請教他一個令我很困擾的問題。」

雲、穆二人對他那種忽然變換了話題的說話方式，都有一定程度的不滿，所以並不搭腔。

波斯人卻自顧自道：「衛先生既然很難找，先向兩位請教，也是一樣。」

雲、穆二人見他說得如此客氣，忙道：「請說！大家切磋一下。」

穆秀珍這時，忽然多了一句口：「閣下的漢語說得如此地道，真是難得！」

波斯人很是自得：「我的語言文字才能，十分出色，我精通世界上主要的文字和語言，超過三十種之多。漢語，我是正式在北京學的——到那裏去，想去找一點資料，沒找到，倒學了一口北京話。」

穆秀珍抓緊機會，插了一句：「去找什麼資料？想在古籍之中，找有關原振俠醫生的資料？」

由於波斯人剛才的話，說得很是蹊蹺，穆秀珍才這樣問他的。

波斯人卻不說是，也不說不是，「呵呵」笑了幾下：「請問，在兩位的知識範圍之內，能不能理解每一座大山，都有一個心臟？」

雲、穆二人呆了一呆——事實上，任何人聽了這樣的問題，都不免會呆上一呆的。把「大山」和「心臟」連在一起，那實在太突兀了。

所以兩人一齊搖頭：「我們不明白。」

波斯人暫不出聲，在一個短暫時間的沉默之後，穆秀珍才道：「心臟，是動物的一個器官，和大山怎麼扯得上關係？」

波斯人道：「可是，心臟也有象徵的意義，例如，王府井大街是北京的心臟。」

穆秀珍笑：「若是這樣理解，那麼一座山的主峰，可以說是山的心臟。」

波斯人搖頭，眉心打結，像是很困難表達他所想的，他用力揮了一下手：「可是，在中國語言之中，『心』又不單是一個器官，心代表着人的思想、情緒，甚至靈魂，例如在中國話中，『開心』並不是真的把心打開來，而是快樂，高興的意思。」

穆秀珍耐心解釋：「中國語言得到高度發展，為時甚早，那時沒有解剖學，所以把腦的功能，全都歸入心臟這一部分之中了。」

由於那一次，他們三人的討論，題材奇特無比，而且所使用的語言，也很是奇特，單是就漢語中「心」字的含義，就相當深奧——對熟悉漢語的人，自然容易明白。若是不懂漢語的，只怕要解釋起來，也大費周章。

正由於這個緣故，再加上後來，雲四風和穆秀珍，又再商討過，所以對他們來說，印象深刻無比。此時穆秀珍的覆述，聽的人，幾乎和置身於當日他們三人商討的現場一樣。

波斯人接下來又道：「那麼說來，一座山的心臟，在中國話中，就等於是一座山的腦部了？」

雲、穆二人都覺得波斯人在這個問題上，有點夾纏不清，可是看他的態度，卻又十分認真，所以二人耐心回答他的問題。

雲四風道：「如果大山真的有心臟，倒也可以如此理解，可是大山根本不是生物，怎麼會有心？」

波斯人大搖其頭——一時之間，也弄不清他為什麼要搖頭，只聽得他自言自語：「大山有心，要去打開大山的心，那是什麼意思？」

雲、穆二人面面相覷，因為實在不知波斯人那樣說，是什麼意思。

波斯人繼續自言自語：「是不是說，要去開啟大山的腦子呢？」

他看來雖然是在自言自語，但是顯然同時，也把這些問題，向雲、穆二人提出。

雲、穆二人心中奇絕，因為波斯人的態度，認真之極，而且這些問題，照波斯人的意思，本來是要和我討論的。兩人無意和我爭勝，但是也難免想到，我在這樣的情形下，會如何應付。

穆秀珍把她當時的心情說了出來，她望向我，我想了一想：「這波斯人犯了一個謬誤，他把大山擬人化了。大山不是人，不是任何生物，沒有心，也沒有腦。硬要把山擬人化，也不是不可以，但那只是比擬，並不是說山脈真有一個部分，功能或運作，一如生物。」

雲、穆二人齊聲道：「閣下的話，正是我們當時對波斯人說的。」

波斯人聽了，沒有反駁，可是仍然一面搖頭，一面沉思。穆秀珍又補充：「就算大山一如生物，有心有腦，也不能去開啟它。你能開一個人的心，開一個人的腦麼？」

她說了之後，又加強語氣：「所以，閣下提出來的問題，無法討論，因為問題的本身，無法成立。」

波斯人仍然認真地搖着頭：「不，人可以開心，也可以通過腦部而產生快樂的感覺。如果山也有心臟，有腦，也就可以開心，可以快樂。」

雲四風和穆秀珍兩人的耐力再好，這時也禁不住「哈哈」大笑了起來，雲四風道：「閣下太鑽牛角尖了，希望衞斯理能和你作更深一層的討論！」

穆秀珍忍不住揶揄：「要令大山開心，應該怎麼做？帶一柄快樂之鑰，走進大山的心臟去，把心打開，好讓大山快樂？」

波斯人對穆秀珍的諷刺，好像一點也不覺察，反倒認真在想着。

穆秀珍再道：「大山如果一快樂，不知道會有什麼樣的表示？」

對這個分明是玩笑式的問題，波斯人居然立刻有了答案：「誰知道呢？或許它會動搖，或許它會裂開，或許它會噴出岩漿，或許它會移動，或許它只是沉默，把快樂藏在心底，不和別人分享！」

他一口氣説下來，倒把雲、穆二人聽得呆了。雲四風很認真地道：「閣下不但是出色之極的設計家，而且是一個出色的詩人！」

波斯人苦笑：「可是解決不了疑問。」

雲四風當時心想，若是從幻想的角度來討論，那就容易多了。他笑了一下：「可以的，只要你有足夠的幻想力就可以！」

波斯人居然大喜：「請教請教！」

雲四風道：「你整個疑問，是在於你雖然有了一定的概念，但是在觀念上卻還沒有大胆的突破之故。」

波斯人更虛心：「願聞其詳！」

雲四風倒不是在開玩笑：「運用無比的想像力，幻想大山是有生命的，只不過那種生命形式，和人類對生命的了解大不相同，所以超乎人類的知識範疇之外，沒有人能了解！」

波斯人像是中了邪一樣，喃喃自語：「大山有生命，大山有生命！」

穆秀珍補充：「每一座山，都有它的誕生過程，自然可以想像它有生命，既然是一個生命體，那麼，其中的一個組成部分，被稱為『心臟』，也不足為異了！」

波斯人像是豁然開朗，滿面喜容，竟至於手舞足蹈，嚷叫道：「這就叫茅塞頓開了！」

他的高興，顯然絕非假裝。可是這時，卻輪到雲、穆二人莫名其妙了。

他高興了好一陣子，才摸着大鬍子道：「我就是一直打不破這個框框，不敢大胆地去設想大山是有生命的，所以才覺得滿腹疑雲，現在，經兩位一點醒，好有一比，撥開雲霧見青天了！」

雲、穆二人心中苦笑，穆秀珍忍不住道：「可是大山又確然是……或者說，你如何證明大山是有生命的呢？」

這個問題，照雲、穆二人的想法，自然是難答之至。可是波斯人卻「哈哈」一笑，隨口答道：「只要找到大山的心臟，就自然可以知道大山的生命形式是怎樣的了！」

雲、穆二人追問：「大山的心臟在什麼地方，如何去找到它，找到了又怎麼樣？」

波斯人雙手一攤：「這我現在也說不上來，但是逐步去進行，總可以有結果。中國古代有一個哲人，説過：『知難行易』。我已經闖過了『知』的這個難關，『行』的方面，就容易多了！」

穆秀珍又是好氣，又是好笑：「地球上那麼多大山，你準備揀哪一座下手？」

波斯人大口喝了一口酒，一抹嘴：「哪一座都可以！」

他説着，帶着滿臉歡容，逕自離去了。

穆秀珍最後説：「自此之後，不但再也沒有見過他，而且多方打聽，連他究竟是何方神聖都不知道，真是怪異莫名！」

戈壁沙漠喃喃地道：「天工大王！天工大王！只有他才如此神秘莫測，神出鬼沒。」

雲四風道：「我們化了一年的時間，按照波斯人的設計，製造出了那架性能超卓的飛機。在製造的過程之中，所有參與工程的人，對於波斯人的創造性設計，無不佩服得五體投地，我們曾通過各種渠道想和他聯絡，都不成功，直到這次，才有了他的消息。」

我覺得雲、穆二人還有一些事，並沒有說出來，而且我也感到，他們並不是要有意隱瞞，而是不知道該如何說才好——人類的語言，日常生活是夠用的了，但遇有非常的情形，很不夠用。

所以我反問：「你們想和他聯絡的目的是什麼？為了表示佩服？」

雲四風一揮手：「那只是極小部分，主要是……主要是……」

他現出為難的神情，我知道我的估計沒有錯，他不知該如何說才好！

我提示了他一個最直接的方法：「怎麼想，就怎麼說，說了別人不明白，再慢慢解釋！」

雲四風用力點頭：「好，我……我們在波斯人離去之後，對他所說的，大山有心，很感到有趣，也曾假設過每一座山都是活的，可是又覺得實在無法想像——我們用了一些話，使波斯人覺得他被提醒了，可是我們自己卻跌進了迷霧之中！」

我吸了一口氣——當日，雲、穆二人對波斯人所說的話，波斯人如獲至寶，但實際上，兩人在說的時候，多少有點開玩笑的成分在內。

等到他們自己也開始認真的時候，他們就發現無法知道何以自己的話，會令波斯人欣喜若狂。他們也知道，波斯人必然是先掌握了一些資料，再把他們的話一配合，所以有了結論。

而他們根本不知道波斯人所掌握的是什麼資料，自然便只好身處迷霧之中了！

雲四風看到各人都有了解的神情，他又道：「所以我們一直想知道究竟是怎麼一回事，如果真能找到大山的心，證明山有生命，這不知是……不知道是一種什麼樣的突破……那簡直無從想像……會是一種什麼樣的情景！」

我不由自主，吞了一口口水。確然，大山若有生命，有心，那「心」又是中國語言中的含義，那會是一種什麼樣的現象？

億萬年以來，除了火山之外，所有的山，都是靜靜地在地球的表面之上，要是它們忽然都活了過來，那會是什麼樣的情景？

我思緒紊亂之極，忽然想到，古代傳說之中，常有「移山倒海」之術，莫非山是自己移動的？我又忽然想到，在中國杭州的靈隱寺前，有一座小山峰，名曰「飛來峰」，據說是從印度飛來的。那麼，山不但有生命，且會飛行，這真是驚人之極了！

就在我思緒紊亂之極時，溫寶裕忽然又冒出了幾句話來，他的話，更令人吃驚：「大山有生命，但是卻在某種情形之下，被催眠了，生命的作用停頓。如果能令他甦醒，他的生命就會運作！」

對於溫寶裕的這種「大胆假設」，也只有紅綾才會立刻有反應：「如何能令大山的生命甦醒呢？」

溫寶裕居然立即有了答案：「進入大山的心臟部分，開啟被封閉的大山的心——在這裏，『心』或者就是『腦』的意思——我相信，那就是波斯人要做的事！」

溫寶裕平時大多數都嬉皮笑臉，可是這一連串的話，卻說來正經之至。

他的一連串話，乍一聽，會令人失笑，因為在直覺上，那太荒誕不經了。可是一路聽下來，卻又不能不佩服他驚人的想像力。而且，可以在他的話中，發揮更大的想像餘地。

戈壁沙漠先道：「這就是天工大王一直在探索的目標？他為了要完成這個目標，所以長期地居住在那個怪異的山洞之中？」

溫寶裕搖頭：「他在那個山洞之中是被困，多半是偶然發現的，但又覺得那山洞有古怪，所以留着不走，直到突然又有了新的發現。」

雲、穆二人駭然失聲：「他發現了大山的心臟，到那裏去了，他郅那裏去……去……去……」

兩人連說了三個「去」字，以他們的能耐，竟然也無以為繼。

各人之中，溫寶裕雖然肆無忌憚，但總也比不上紅綾這個女野人，所以她率先叫了出來：「去開啟大山的心臟了！」

紅綾叫了之後，足有兩分鐘的沉默，可以看得出，各人的思緒都很亂。

然後，是溫寶裕小聲問：「開啟了大山的心臟之後，會發生什麼事？」

紅綾回答得很快：「那大山就活了。」

我在胡思亂想中，想起了「開竅」的故事，就咕噥了一句：「或許，大山就死了！」

別人都明白，只有紅綾，對這個出自《莊子》的故事，未曾接觸過，我一時之間，也沒有心思向她作詳細的解說，只是揮了揮手，示意她事後再問。

溫寶裕神情古怪：「我的意思就是說，大山如果活了，會有什麼事發生？」

這一次，沒有人回答他的問題，他忽然有點神經兮兮地笑了起來：「會不會它們覺得在原來的地方躭得太久了，要互相換換位置，那就不得了，巴顏喀剌山要和阿爾卑斯山換位，阿爾卑斯山卻寧願到美洲去，佔洛磯山的地盤。洛磯山一怒之下，去欺侮弱小，壓向比利牛斯山，那整個西班牙就沒有了——」

他一口氣說下來，滔滔不絕，看來不阻止他，他能一直不停說下去。

我衝着他大喝一聲，阻止了他。

可是我卻也只能阻止他，不能說他的話不會發生。「大山活了」，本來就是極度匪夷所思的事，自然也可以出現任何結果。

戈壁沙漠悲觀：「那就是地球末日了！」

如果真出現如溫寶裕所說的那種情形，就算不是地球末日，至少也是地球上所有生物的末日了。

其餘人都搖着頭，雲四風苦笑：「不致於會如此天下大亂，但是大山活了，最有可能是變成了火山，噴射岩漿，是火山的活動形式之一。」

戈壁沙漠頓足：「該死！該死！不論會出現什麼結果，都不能讓大山甦醒！」

我對於兩人的話，大有同感，因為若是假設成立，地球上所有的山脈，都只宜沉睡，不宜甦醒，因為那是分佈在地球各處的巨大妖魔，若是一旦甦醒了，全活動起來，那就是浩劫！

溫寶裕也大是駭然，他顯然為了使自己安心，所以道：「或許不會那麼嚴重……」

他的口氣，猶猶豫豫，穆秀珍嘆道：「小寶，就算他們都只是伸一個懶腰，也不得了啊！」

（十一）宇宙飄流

穆秀珍的話，聽來有點孩子氣，但也正好反應出了當時我們心悸的心態。

而且，此時所有人所想到的，都是同一個問題：要阻止那波斯人，不能任由他打開大山的心，令大山復甦。

各人都向我望來，我急速地來回踱着步——事情很嚴重，若是要進行，自然是越快越好，因為不知道波斯人又有了什麼突破性的發現。

我把那山峰和岩縫的形勢，迅速想了一遍，向戈壁沙漠望去。我本來是想問他們一些問題的，可是兩人的神態，卻不太正常，有點失魂落魄，而且，又用他們特殊的方法在對話，聲音不大，充滿了神秘，可是也足以令得其餘的人可以聽得見。

只聽得一個道：「他……他想幹什麼？」聲音之中，滿是恐懼。而另一個「嗖」地吸了一口氣：「他……真的要巧奪天工，他不單要做天工大王，他還想要做天工天王，他要憑他的工藝，改變地球！」

聽他們說到這裏，各人神情古怪，都不免感到了一股寒意，也多少有點明白他們的意思了。

兩人仍在對答，一個道：「南斯拉夫的岩洞。」另一個道：「中國雲南的石林。」一個又道：「美國的大峽谷。」另一個再道：「英國沿岸的峭壁。」

然後，兩人又一起問：「一提到這些奇景，人們都怎麼說？」

問了之後，他們又一起自己回答：「都說是大自然的傑作！」

接下來，是約莫半分鐘的沉默，他們一起向我望來，齊聲慘叫：「衛斯理！」

就算他們的叫聲不是那麼慘，我也完全可以明白他們的意思！

我立時道：「我知道，你們是說，波斯人要翻山倒海，根據他的設計，在地球上造出比大自然的傑作更離奇、更壯觀，更不可思議的作品來！」

戈壁沙漠不住點頭，喃喃道：「他會的，而且他只要做得到，會做得比大自然更好！」

各人面面相覷，從全然無根無據的分析，竟會達成如此駭人的結論，實在是始料不及！

問題不在於倫三德的工藝是不是及得上大自然，問題是他把地球當成了工藝品，試想，在他的「創作」進行之際，地球上還有什麼生物可以生存？

而他要動用大山本身的生命力去完成他的創作，等到他一開始行動，就沒有力量可以阻止他了。

我吸了一口氣：「飛機上有那岩縫中風力的數據，我要有可以和風力對抗的個人飛行器！」

我是對着戈壁沙漠這樣説的，兩人儘管臉青唇白，還是立即應聲：「盡力而為！」

白素知道我要行動，所以她很緊張道：「別説什麼盡力而為，要一定做到！」

兩人互望一眼，用力點頭。

我也再進一步説明：「我要在有強烈氣流的崖縫之中，行動自如！」

兩人用力點頭：「可以做得到，但體積不免大些，而且沉重。」

我盯着他們：「想想天工大王對你們的批評——不要什麼都追求微型！」

兩人更用力點頭。我又道：「如果倫三德真是由那水池下去的，我還要精巧的潛水工具。」

雲四風立時道：「這方面的工具，秀珍有。」

穆秀珍也隨即道：「是，我立刻派人送來！」

穆秀珍是世界上潛水的頂尖十傑之一，她所使用的潛水工具，自然是精心特製，非同凡響的了。

我長長地吁了一口氣：「各位，我要在這個天工大王，還未曾將地球當作他的創造品之前，阻止他的行為！」

白素皺着眉：「一切只是我們的推測，別把它當成真的了！」

我和溫寶裕異口同聲：「大山要是有了生命能力——」

白素不等我們說完，就道：「人體內，各個組織部分，都各自有生命能力，例如骨骼的生命能力，也沒聽說肋骨想和盤骨換換位置！」

白素的那兩句話，令得我們都無話可說。的確，人體內的骨骼，都有堅強的生命能力，但只是支持着整個生命，而並非破壞。

白素又道：「設想，只不過是有此可能，事實如何，還待探索。你見了波斯人，先要弄明白他的意向，也不妨把我們的分析告訴他，可別性急壞了事！」

我挺直了身子，大聲應道：「是！」

紅綾笑着：「替我問候那鷹！」

我想起那所在環境之惡劣，是不是能見到倫三德，還大有問題，就不禁悶哼了一聲。

紅綾十分乖巧：「爸，你是不是不想去？我代你去也行！」

我向她望去，心中想，她要是代我去，豈止「也行」而已，在許多方面，對惡劣環境的適應能力，絕對還在我以上！但是這次去，除了對付環境之外，還要對付人。

對付人，要比對付任何惡劣的環境更殫智竭力，這一方面，我又比紅綾勝任了。

所以我搖了搖頭：「不必了，我可以應付。」

雲四風忽然道：「當初，我們製造那飛機的時候，曾對其中用錨鍊來固定飛機的這一部分設計，十分不解，卻不料真有大用，莫非……莫非波斯人早已料到了飛機會有停在那峰頂的需要？」

雲四風提出了這個問題來，令得本來就顯得神秘莫測的波斯人倫三德，天工大王更加神秘。雖然世上確有能預知將來事故的奇才異能之士，但若能對將來發生的事，料斷得如此精確，那也太不可思議了！

過了一會，我才道：「這一切，只好等他出面來解釋了，我們難作預測。」

穆秀珍忽然客氣了幾句：「衞先生，你不會認為我們召集各人討論，又把我們過去的經歷說出來，會是小題大做吧？」

我立即道：「當然不會，因為我們所討論的事，非但不是小題，而是題目究竟大到了什麼地步，我們全然難以想像！」

穆秀珍吁了一口氣：「還有一點，我始終覺得，那波斯人和古怪的原振俠醫生，有點轇輵。」

穆秀珍已不止一次這樣說了——在她的敍述之中，確然可以發現，倫三德和原振俠之間，有點糾纏不清的關連，可是究竟是怎樣的關連，卻又說不上來。

我一面想，一面反問：「照你看，是什麼樣的轇輵？」

穆秀珍神情遲疑：「看起來，波斯人的那一套，倒像是原振俠告訴他的！」

此言一出，各人都大搖其頭。因為就是她自己的敍述之中，波斯人說他連原振俠的名字，也是第一次聽到，那當然不可能由原振俠告訴他什麼。

各人搖頭，穆秀珍的神情大是焦急，漲紅了臉，可是一時之間，她又顯然不知如何解釋才好。

雲四風伸過手去，握住了她的手，向各人道：「我們都在李白的詩中，認識領略了他的豪情勝慨，可是誰也沒見過李白。」

穆秀珍嚷了起來：「我就是這個意思。」

經雲四風一舉例，各人都倒是明白了，可是明白的只是穆秀珍的想法，其餘的，一樣不明所以。

照穆秀珍的意思是，波斯人雖然沒有「聽」到過原振俠的名字，可是卻「看」到過他的名字。波斯人看到的，一定不單是一個名字，而是還有一些事和原振俠的名字，連在一起的。

那連在一起的，有可能是一些記載、一些發現、一些意見、一些理論，可以是任何方面的事。而這些事，一定引起了波斯人極度的興趣，但波斯人又不知道原振俠是什麼人（他一點也未曾想到原振俠是現代人，真怪），所以在一個偶然的情形下，忽然聽到了在穆秀珍的口中，說出了原振俠這個名字來，他的反應才會如此強烈！

穆秀珍看到我們不再搖頭，她吁了一口氣：「我的意思是，什麼大山有心臟，可以找到大山的心臟，去開啟它，這一連串……古怪之極的想法，是他從和原振俠有關的什麼東西中發現的，這種說法吸引了他，所以他才一直在進行探索。」

我和白素互望，再向溫寶裕望去——在我們這些人之中，和原振俠最熟的，當推小寶。

小寶皺着眉：「我從來也沒有聽說過他有這種古怪的理論，而且，以他生活的多姿多采，忽而大興自殺之念，忽而沉浸酒醉之鄉，愛情生活如風車，哪裏還會有空去研究什麼大山的生命！」

他這番話，各人都同意，他又道：「再說，時間也不對，近十年來，這位古怪的醫生做了一些什麼事，人盡皆知，絕沒有什麼留下了科學研究一事！」

穆秀珍聽了，半晌不語，才道：「那就是我的感覺不對了，或許，古代有一個人，同名同姓，也未可知。」

我安慰她：「有時，一個沒來由的感覺，往往可以解決一件大疑難，且慢慢研究。」

穆秀珍道：「好，飛機供你使用，我着人送潛水工具來，一有消息，立即聯絡。」

戈壁沙漠也道：「我們日夜趕工，三日可以起貨。」

我還嫌慢了，可是一想，那崖縫的環境如此惡劣，他們出品的質量，和我生死攸關，這可馬虎不得，所以並沒有要求他們提前。

各人告辭離去，在回家途中，白素道：「事情若是竟和原振俠有關，那真是怪之極矣。」

我搖頭：「我不能作出任何可能和原振俠有關的設想，你能嗎？」

白素想了一會：「我也不能！」

紅綾是跟了溫寶裕一起走的，車中只有我和白素。我不無自豪：「若是你我都無法作出假設，大抵別人也不能夠的了！」

白素嘆了一聲：「未必，須知天外有天，戈壁沙漠何等才能，可是提起天工大王，他們連聲音都發顫！」

她略停了一停，又道：「而且原振俠的遭遇，也實在太怪異——誰也無法料到他在宇宙飄流之中，會再有什麼怪異發生！」

白素不經意地使用了「宇宙飄流」來表達原振俠的遭遇，很是貼切，但是聽了也不禁令人悵然。我嘆了一聲：「或許是大家對他太懷念了，所以才生出了許多想像來。」

白素沒有再說什麼，直到回到家，在上樓梯的時候，她才道：「我們對他的處境，了解得不夠多，下次那女巫之王再到地球時，要和她詳談一次。」

我姑且應着，自然而然地抬頭向上望——那是看天的動作。女巫之王瑪仙在極遙遠的星體上，她的生命形式已完全超越了地球人，和白素的媽媽、海棠等人一樣，用熟悉的、現成的詞彙來說，他們都已「成仙」了。我也有「成仙」的機會，可是我放棄了，我寧願做地球人，認為自己與生俱來的生命方式比較適合我的性格——生命方式適合自己的性格，才會有快樂，不快樂的生命，不是其他任何條件所能補償的。

一時之間，感慨良多，和白素默默相對，不時互望一眼，倒也大有情趣。

第二天，穆秀珍就派人送了潛水工具來，小巧而實用。到了三天後，戈壁沙漠把個人飛行器造好，約了我和白素，在雲氏大廈頂層相見。

我心急，準備一見他們，立刻就出發，所以把一切應用品，全都帶上。

那天，偏偏紅綾一早就出去，也找不到溫寶裕。

我和白素到了大廈頂層，戈壁沙漠正在試個人飛行器，引得不少人圍觀。

我一看到，就皺眉道：「快下來，一則浪費動力，二則，我要使用的環境，全然不同，在這裏試，又有什麼用處？」

在天台上的戈壁忙解釋：「有後備動力裝置，每一個裝置，可供兩小時飛行，一共有四個。」

沙漠自天而降，大有得色：「有接近十小時的飛行，應該夠了。」

我點頭，同意他的話，因為照估計，有兩小時的飛行就足夠了。

在過去的三天中，我也不是白白度過的，我把有關這架飛機的電腦資料，帶回家中，作了十分詳細的研究，對這架飛機的性能，更深入了解。我曾對白素說：「這飛機的設計者，那波斯人，他的能力，簡直不是地球人所能達到的！太出色了！」

同樣的話，為了避免刺激戈壁沙漠，我沒對他們說。白素和我，也討論了一下那波斯人何以會有這樣超卓的才能。白素的意思是：當然有可能是天才，但也有可能，他有類似紅綾的遭遇。

我們的女兒紅綾，曾在她媽媽的媽媽處，經過特殊的方式，把豐富無比的知識，輸入了她的腦部，成了她的記憶，使她的知識，超越了地球人。

若是倫三德也有過同樣的經歷，那麼他能設計出這樣的飛機來，自然也不足為奇——在我們看來，覺得精巧絕倫的設計，在外星人而言，有可能和「竹蜻蜓」一樣簡單！

白素在我進入機艙之前，叮囑了一句：「潛水並不是你的專長，小心些！」

我略呆了一呆，因為過去那麼多次，不論我要去做什麼事，她至多只有在眼神中表示關切，從來也沒有說過類似的話。

也正由於如此，一時之間，我竟然不知如何應對才好。白素自己，也立即感到了意外，她笑了一下，作了一個無可奈何的手勢。

不過，由於她的這一句叮囑，我確然小心從事——那是又到了那個怪山洞之後的事了。

這次飛行，由於不必跟踪鷹兒，而且目標早已確定，所以一切都可以交給電腦去控制，而且把速度提高，不過幾小時，飛機就已降落，仍然用上次的方式，在強風之中，固定了機身。

飛機唯一的缺點，是機艙的空間太狹窄，再加上這次，我又攜帶了不少額外的設備，所以行動也受到了阻礙。我小心翼翼，配上了個人飛行器，又帶上了一個後備動力裝置，再帶上潛水工具，配上頭盔，令得行動更是不便，出機艙的姿勢，很是不雅。

但等到一啟動了飛行器，就如鳥臨空中一樣，靈活無比，我先被強風順着風勢，吹出了十多公尺，這才加強了動力，飛進了崖縫。

要找到在崖縫中那塊突出的大石，並不困難，落足其上，進入岩洞，事情已完成大半了。

一直向前走，來到了最窄的那一部分，頭盔、個人飛行器，都帶不進去，穆秀珍給的水肺，恰好可以通過，其餘的儀器都相當小，可以隨我前進。

上次也是這種情形，所以我把帶不進去的東西留下來的時候，並沒有特別想到什麼。

進了山洞，怪蛙依然，水火並存，石桌之上的情形，也和我離去的時候，一模一樣。

這一切，都顯示在這幾天，倫三德沒有出現過。

如果正如穆秀珍所料，他是通過那一潭水，進入山脈心臟地帶的，那麼，他已在「山心」之中好幾天了，那是怎樣的一種情景，真是叫人難以想像！

（我對於自己竟然很自然地用了「山心」這樣的名詞，很發了一陣子怔。）

來到了水潭邊，望着黑沉沉的潭水，我想起了白素的叮囑。

剛好穆秀珍的儀器之中，有激光探測儀，要小心行事，自然要先測一測這潭究竟有多深和多大——那探測儀先進之至，可以在探測的過程之中，把深潭的形狀，現出在熒屏之上，那本來是穆秀珍在深海潛水時，探測海底岩洞用的。

三分鐘之後，我對着熒屏上顯示出來的，那水潭的形狀，目定口呆。

水潭的潭面不大，略呈圓形，直徑大約十公尺，可是探測的結果顯示，那水潭的體積，奇大無比，而且，是一個十分規則的圓球形，自潭面到潭底，竟有一百六十公尺！

也就是說，這個球形的大潭，藏在山腹之中，只有極小的一片表面，暴露在外。

在探測的結果看來，這個大水潭，並沒有別的出路可通向別處，而且，潭中除了水之外，也沒有什麼別的東西，那種形狀古怪的蛙類，至多浮在水面，水面之下，除了潭水，別無他物。

看到了這樣的結果，我第一個念頭就是：穆秀珍弄錯了，波斯人不是經由水潭潛水離去的——他也沒有可能這幾天一直浸在水中。

水潭的形狀雖然怪，但那也不能算是山脈的心臟，山洞中有泉水，有水潭，是很普通的自然現象。

水潭之下，是不是有什麼十分隱秘的通道，激光探測不到？

這就需要潛下去看個究竟了。

那水潭中的水，平靜之至，這樣的潛水環境，自然再容易也沒有，穆秀珍提供的精良潛水設備，簡直是殺鷄用牛刀了。

佩上了潛水工具，跳進潭水之中，雖然有緊身的禦寒衣，可是還是可以感到潭水奇寒無比。

（後來，我向各人敍述這一段經歷時，溫寶裕大有不屑的神色，悄聲告訴紅綾：「想當年，波斯聖女黛綺絲，哪有什麼禦寒衣着，跳進了寒冰水潭，與人決鬥，贏得了『紫衫龍王』的美名，哼哼！」）

（小寶的言下之意，自然是說我大大的差勁。）

（這一番話，卻把紅綾聽得目定口呆——她大感興趣，但卻又全在她的知識範圍之外，所以接連幾天，纏着小寶，非把事情全弄清楚不可，她又不肯自己去看《倚天屠龍記》，悶得小寶頭大不已。）

我沉到了潭底，強力的照明燈一着，我又吃了一驚。水潭中的水，在上面看來，烏黑沉沉，但實際上，卻清澈無比，我身在水中，看出去，和身在空氣之中，竟然沒有什麼分別！

我看到山壁很是光滑，全是一種淺灰色的岩石，非但沒有動物，潭壁之上，連青苔也沒有。

我先檢查潭底，發現在底部，有五六個圓形的小洞，約有拳頭大小，潭水不會滿盈，也不會減少，當然是由於注入的泉水，和在這幾個小孔中洩去的水，分量相當之故。潭水如此清澈，自然也與之有關——一整個水潭，水都是活的。

那幾個小孔可以流水，當然無法容人，我查完了底部，再查潭壁，上下探索，可是並沒有發現有任何隱秘的通道，是可以供人出入的。

大約在一小時之後，我浮上了水面，幾隻怪蛙瞪着我，像是在嘲笑我一無所獲。

我出了水潭，大口吁了幾口氣，再回想一遍剛才的探索過程。

我對於搜索各種暗道秘徑的本領，可說僅次於盜墓專家齊白而已，剛才的搜索，一無發現，自然證明了水潭就是水潭，不是什麼通向大山心臟的秘道。

但是為了小心，我再一次下水，又化了一小時左右，再次肯定了上一次的探索結果。

我坐了下來，慢慢喝酒，想着下一步，應該採取什麼行動。

（十二）青山不老

我的最終目的，是要把倫三德找出來，他不在山洞中，我看來只有到崖縫中去找他了。

我沒有多逗留，轉向山洞外走去，一路在盤算，崖縫的範圍如此大，真不知從何着手才好，會不會勞師動眾，結果又無功而還呢？

這樣想着，情緒上未免急躁，這就使我在通過那一段極狹窄，只能叫人小心翼翼，側着身子通過的通道時，沒有那麼順利——這一段通道是如此狹窄，有幾處地方，甚至要呼氣才能通過，吸氣是通不過的。

好不容易，擠擠挨挨，出了這一段窄道，我大大地吸了一口氣，看到我放在地上的那些裝備還在，就俯身去執拾，那副個人飛行器相當重，我把腰彎得低了些，這使我自另一個角度，看到了那段窄道。

當時，我呆了一呆，陡然之間，捕捉了一些什麼。我立時直起身子，也同時明白我想到什麼了！

我曾詳細檢查過山洞是不是另有出路，也曾詳細檢查過進入山洞的通道上，是不是另一出路。可是，我卻忽略了這段約有二十多公尺長的窄道！

忽略的原因很簡單——因為它太窄，小心通過，前後背心都貼着岩石，根本不可能有別的動作。好不容易通過之後，鬆了一口氣，自然也就不加注意了。

這時，卻由於偶然的一瞥，使我知道了自己的疏忽，也使我明白，如果另有通道的話，那麼，蹊蹺一定就在這段窄道之中！

我深深地吸了一口氣，取過強力電筒來，向窄道內照射着，小心地察看每一寸的岩壁，果然給我發現，在離我約七八公尺近地面處，有一塊突出的大石——我曾幾次經過，都要抬起腳來跨過去。

這塊大石，看來是岩壁的一部分，但如果它可以移動的話，移開了它，就應該是一個恰可供人出入的洞穴！

使得我有這種想法的原因是，那大石附近，岩壁相當平滑，像是經過磨擦所造成的。

我小心地擠到了大石之前，沒有可能俯身去移動它，我只好用腳去撥，大石上略有凹痕，伸足先進去，發力去撥動它。

那是很吃力的動作，而且所發的力量，至多有十分之一起作用，但我還是不斷地做着，因為我感到了石的輕微晃動。

終於，在不斷的撥動之中，大石漸漸向外移動，等到移開了一些之後，就容易了許多。經過半小時的努力，大石已完全移開，恰好和窄道一樣寬，我可以用力把它用腳推向前，結果，如我所料，現出了一個約有四十公分見方的洞口。

有了這樣的發現，我欣喜莫名，真想對着洞口大聲呼叫：倫三德，你這神秘的波斯人，我來了！

但我卻無法做到這一點，因為狹窄的空間使我無法俯下身去。

接着，我又發現我要進這個洞，也很困難，由於環境的限制，我只能用一個姿勢進洞去，那就是面向着洞，先伸雙腳進洞去，然後再順勢滑進去！

用這樣的姿勢，在這樣不可測的環境之中，進入一個神秘的山洞，深入山峰的心臟，這當然不是令人愉快的事，但是我別無選擇。

我就用這個姿勢，緩緩地「滑」進那個山洞，等到我整個人都進入了洞中之後，我發現我的處境，屬於一種令人戰慄的恐怖和極度的滑稽。

我無法轉過身來，在那狹窄的山洞之中，我只能仰躺着。所以我甚至不能俯伏前進——我要向前移動的話，只能扭動身體，勉強利用背部和臀部的肌肉，使我足前頭後地移動。

我手中有強力的電筒，可是我整個人，像是被鑲嵌進了岩石一樣，着亮了電筒，也無法看到前面是什麼情景。

身處在這樣的環境之中，自然會有許多恐怖的聯想，我不但呼吸急促，而且還不斷地在沁冷汗。

我咬緊牙關，用這種古怪的姿勢移動，心中告訴自己，我經歷過比如今更惡劣的情況，都沒有退縮過，這時非堅持下去不可。

我估計掙扎了接近一小時，才蠕動了不到二十公尺，可是，我知道最困難的時刻過去了，因為山洞已漸漸寬敞。至少我可以翻過身來，在山洞中爬行了。

翻過身來的第一件事，就是用電筒射向前面，看起來，前面會更寬敞，我吸了一口氣，在這樣的山腹之中，空氣居然十分清新。

我蓄足了氣力，準備大叫，可是我才一張口，還沒有發出聲響來，就聽到一個很是蒼老的聲音道：「衞先生，你終於來了！」

那聲音平靜之至，就像是有人就在對面，促膝交談一樣。但實際上，我視線所及，二十公尺之內，絕見不到有什麼人。

正在疑惑間，又聽得道：「請繼續前進——能與我分享奇遇的，也只有閣下了。」

我留意一下，聽出聲音像是由石壁反震出來，我明白了，發話的人可能還離得十分遠，但由於特殊的環境，聲波沿着石壁前進，聚而不散，所以才有了如同當面說話的那種效果。

我暗叫了一聲僥倖，幸而沒有開口大叫，不然，不免對身處的環境太沒有認識了。

我應了一聲，也用平時說話的語氣：「倫三德先生，太渴望和你相會了！」

我得到的回答是：「彼此，彼此！」

這波斯人學漢語，有點文縐縐，聽來很有趣。

他接着又道：「閣下怎麼化了那麼久的時間，才發現了這秘道？」

我「哼」了一聲：「有什麼突然發生的事故，就算一刻也不能等得，必須立即離去，你也該留下線索才是——我是在離去了之後再來，這才偶然發現的！」

這時，我還不知道這位倫三德先生人在何處，離我有多遠，但我們已急不及待地交談了起來，這種情形，也堪稱奇特。

他嘆了一聲：「我想以閣下之能，必然有所發現，現在雖然遲了些，但終究還是來了，那總比留下線索，被不知什麼人偶然闖進來發現，要好得多！」

他舉一千個一萬個理由來說明他不說到何處去，我都可以接受。可是他突然舉了這樣的一個理由！

我一面繼續前進，一面道：「有人會偶然闖進來的機會，太微小了吧！」

倫三德的回答，使我無話可說：「是極微小，但不等於零，既然存在，就應該防範，中國古語……說……『失之毫釐，謬以千里』，就是這個道理！」

波斯胡人反倒用中國古語來教訓我，我還有什麼話可說呢！

這時，山洞更形寬敞，我已經可以直着身子走路了，再轉了一個彎，前面已有一閃一閃的光亮。

我熄了電筒，循着光亮走去，這時再一開口，反倒只是一陣嗡嗡的回聲，聽不到回答。

再一會，我已進入一個更大更圓的山洞——一進入那山洞，我就有似曾相識之感，雖然實際上，我絕無可能到過這裏。

我立刻就知我何以有這種感覺了！

那種球形的空間，和那個大水潭一樣，只不過水潭中全是水，而這裏則是空氣。

同時，我也看到了倫三德。他也正回過頭來看我。

那一點光亮，來自一支很粗大的蠟燭——那種古老的照明工具，和巧奪天工，掌握了人類最尖端的科技的天工大王，可謂是不相襯之至！

但是正因為如此，所以又格外奇詭，有着一種難以形容的，不可能發生的融洽，正好合乎這個奇異詭秘人物的身分。

燭光並不太強，我在才一看到他時，他距我約有七十公尺，所以看起來，身形朦朧，但是他一回頭，一雙眼睛，卻是眼神閃爍，極其明亮。

他用一種看來很是安詳的姿勢，盤腿面壁而坐，在看到了我之後，正準備站起來。

我不知道他原來是在做什麼——他當然不會在這個球形的山洞中打坐，看來他正在守候着什麼。

那山洞之中，什麼也沒有，只有在他的身邊，有若干儀器，還有一些瓶子。他的樣子，和穆秀珍所說的那個波斯人一模一樣，只是他的臉色，蒼白得異樣可怕，那是長時間接觸不到陽光的結果。

他的手很大，握手很有力，我一面和他握手，一面已急不及待地問：「倫三德先生，你究竟在做什麼？」

倫三德眨着眼，他的回答，令我興奮莫名，他道：「我探索，尋找大山的心。」

我深深地吸了一口氣，再徐徐呼出來——這正是我們的假設！

我一字一頓：「你說的大山的心，應該是指大山的——思想部分！」

倫三德點頭：「是，應該是腦，但漢語一直把心替代腦。」

我想問的問題極多，但我先問：「為什麼是漢語？」

倫三德用力一揮手：「這個問題不重要，你已到過那個山洞，可有潛入水潭？」

我點了點頭，他立刻道：「那水潭，是大山的另一個器官，那山洞也是，整個崖縫也是，這個山洞，狹窄的通道，都是大山的器官。」

他使用了「大山的器官」這樣的名詞，聽起來不免有點怪異。

但如果說那些都是大山的「組成部分」，那就自然得多了。

而兩者其實是一樣的，人體器官，眼耳口鼻，心肝脾肺，也都可以稱之為人體的組成部分！

這樣一想，也就不覺得「大山的器官」有什麼不對了。

他又道：「只可惜，這些器官，能起什麼作用，我們一無所知！」

他的話，有一種力量，很能引導人進入幻想世界，尤其是他的幻想世界。我受了感染，也立刻想到，大山和人一樣，是由許多器官所組成的，每一個器官，都起着特定的作用。

在這樣的想像中，我自然而然地道：「不能說一無所知，至少，我們知道，堅硬的岩石，能夠使大山聳立。」

倫三德大聲喝采：「說得好，山上的溪流，也能夠使他美麗，可是那沒有用，重要的是發現他的思想部分，才可以明白大山在想什麼！」

我深深地吸了一口氣：「你這些年來，探索到了什麼？能否告知？」

他像是一尊石像一樣，一動不動良久，才緩緩搖了搖頭：「什麼實際的成果都沒有，只有想像。」

我嘆了一聲：「我們也有些想像。」

接着，我就把我們的設想說了出來，當我說到中國浙江省杭州市的靈隱寺有一座「飛來峰」時，他驚訝得把眼瞪得老大：「波斯也是文明古國，可是沒有這種事！」

我笑：「還有人死了之後，身體化為大山的傳說——這個人叫夸父，是個巨人，他口渴，一下子就喝乾了黃河的水！」

等我說完，他蒼白的臉上，泛出了一層異樣的光彩：「我的設想和你們大致相同，我不認為，億萬年來，大山大都靜止不動，只是因為他們的思想部分，受到了抑制，未能發生作用，處於昏迷狀態。若是能令他甦醒，他們必然有所作為！」

我再深深吸了一口氣，用很沉重的語氣道：「你不覺得，就讓他們處於昏迷狀態，對地球上的生物來說，比較好些！」

他沒有立刻回答，但是可以看得出，他正在認真考慮我的問題。

我又道：「假定火山就是大山的活動形式之一，地球上的山脈，全照這個方式活動，情形就夠糟的了！」

倫三德突然發出了一下怪聲：「我有一個封號，稱作『天工大王』。真實，來來去去，都是雕蟲小技，如果能夠令大山甦醒，替大山開心，這才真正是天工，真正堪稱是大王！」

我冷冷地道：「到時，只怕你和火山灰溶為一體了！」

倫三德望向我：「如果真能，我願意！」

我語意更冷：「好偉大的志願！」

倫三德知道我在諷刺他，他顯然也知道我的想法。他向我揮了揮手：「你不必擔心，我的成功希望，只是億分之一。」

我說得極認真：「我要你不能成功！」

他長嘆一聲：「其實，我已經知道大山的心在哪裏了，可是我到不了那所在。」

他的話，令我大吃了一驚，一時之間，不知說什麼才好，他伸手指了一指一旁的一具小儀器。那儀器上，有一個小小的熒光屏，我認出那就是戈壁沙漠的作品，由那鷹帶來給他的微型攝錄設備中的觀察部分。

我看過去，熒屏上灰黑一片，什麼也沒有。倫三德又向洞壁指了一指，我看到那裏，有一個極小的小孔，大約只可供手指伸進去。

我大惑不解，倫三德道：「我可以肯定，由這個小孔進去，至多一百公尺，就能到達大山的心，就能有辦法令大山甦醒。」

我一時之間，會不過意來，他又道：「如今，我只能儘量使微型攝錄儀深入，但每天只能進展一公分——」

聽到這裏，我忍不住了，我發出了震耳欲聾的轟笑聲，一面笑，一面道：「那你需要一萬天，才能前進一百公尺，對不對？」

他無視我的轟笑，卻道：「不是，我永遠沒有機會，因為在十公尺之後，我不知道有什麼方法可以鑽孔，當然，我知道必有現成的通道在，可是我找不到！」

他在這樣說的時候，表現了一種很深切的悲哀，使我無法笑下去。而我同時也知道，根本不必我阻止，他無法完成他的理想。

自然，他還有許多可以努力的途徑，例如和盜墓專家齊白合作，齊白十分擅長鑽穴。或許，他可以找氣體人金兒——即使通道小若針孔，氣體人也可以通過，到達大山的心。

但我自然不必提供他這方面的訊息。

我只是問：「你打算——」

他立即接了上去：「我打算繼續努力，直到我的生命結束，並且把這一切，用文字記載下來，傳給後代，就像我也是從一個人的文字記載中知道大山有心一樣！」

我訝異：「那個人是誰，會有那麼怪異的記載？」

我再也不會忘記倫三德的答案，他的答案竟然是：「原振俠，原振俠醫生。」

縱使在穆秀珍的敍述之中，我已經知道在倫三德和原振俠之間，必然有着某種程度的轇轕，可是我也想不到他竟然會有這樣的回答。

一時之間，我雖然沒有出聲，但是愕然、驚疑的神情，卻已完全表示我的疑惑，倫三德應該向我作進一步的解釋才是。

但是，奇怪的是，倫三德的疑惑神情，竟然有甚於我，他眉心打着結，遲遲疑疑地問：「據説，真有原振俠其人？」

這話問得混帳之至，我忍住了氣：「是——當然真有其人，不然你怎麼能看到他的記載？」

倫三德對他自己充滿了矛盾的話，竟不作説明，用力一揮手：「告訴我有關他的一切！」

我沉聲道：「不，先告訴我你是如何看到他有關大山生命之秘的記載。」

倫三德臉上的皺紋陡然多了起來，面色也更蒼白，他喉結上下動了好一會，才道：「不，不能，這件事，我自己也大是疑惑，甚至疑真疑幻，難以肯定是不是真的發生過，所以我不會對你說，也無法對你說！」

我聽得為之氣結，瞪視了他好一會，他卻像是已作了最合理的解說一樣，一副心安理得的模樣。

我氣極反笑：「好，那麼你肯定了那是真是幻之後，再說吧！」

倫三德十分認真：「只好這樣。」

我霍然起立，疾走了幾十步，以渲洩我心頭的氣憤，這波斯人，竟然用這樣的態度來對付我！

雖然，相當時日之後，倫三德終於向我說出了那一段他自己不能肯定真幻的經歷，也使我明白了他確然有難以啟齒的苦衷，但當時，我確然憤怒，認為這個波斯胡人，不值得和他做朋友。我覺得自己先前那麼急切想見到他，以為可以和他無所不談的想法是錯了！

在我氣憤未發作時，他竟然還厚着臉皮要求我：「把原振俠這個人的一切告訴我！」

我冷冷地望向他，他有殷切等待的神情，我用最簡單的方法滿足了他的要求，他立即陷入了沉思之中，口唇顫動，卻沒有聲音。

過了好一會，他才道：「衛君，我會和你討論這件事的，不是現在！」

我冷笑：「在你到達大山的心，開啟大山的生命的偉業完成之後？」

倫三德用力撫着臉：「也許，誰知道。」

確然，日後的事，誰能知道呢？

日後，他確然告訴了我，也真是神秘莫測，但那是另一個故事了，自然日後會記述出來。

（已發生和應發生和必然會發生的事，都需要記述，但實在相當多，所以只好先答應「日後必然記述」。）

倫三德也看出了我對他的不滿，不過看來，他不準備，也許是沒有法子改變這種情形，所以他長嘆一聲，也站了起來：「很高興能和你見面，和聽到了你轉述的許多分析，我相信都離事實不遠。」

我思緒紊亂之中，忽然想到了一些事，也就順口說了出來：「中國神話之中，很有一些隨心所欲，翻山倒海，重製江山的例子。有一部奇書《蜀山劍俠傳》，其中一大段『峨眉開府』的情節，就真正是天工大王做的事！」

倫三德很是興奮：「我會找來開——那頭鷹，說牠的新主人對牠很好，牠是我自小養大的，和人的溝通能力極高，但是牠會定期飛到我身邊來，請轉告新主人不必擔心，我要和外界傳達訊息，也可以依靠牠！」

聽他的話，那鷹已飛回紅綾身邊去了，我也不禁為她高興。

我和他互望了一會，他忽然張開了雙臂，我和他擁抱一會，互相拍着對方的背。然後，我就告別離去，留下倫三德，繼續進行他那個我認為絕無法子實現的「偉業」。

在飛回去的時候，經過許多山嶺迤邐的地區，高低起伏的大山，是地球的主要組成部分。

中國人有一句老話：青山不老，綠水長流。是不是也早在暗示青山是有生命的呢？

（全文完）

勤十緣出版社書目

衛斯理科幻系列

1	電王	（四版）
2	黃金故事	（三版）
3	從陰間來	（十七版）
4	到陰間去	（十七版）
5	遊戲	（三版）
6	陰差陽錯	（十五版）
7	禍根	（十八版）
8	生死鎖	（五版）
9	陰魂不散	（十四版）
10	許願	（十五版）
11	還陽	（八版）
12	運氣	（八版）
13	開心	（八版）

倪匡科幻系列

1	消失女神	（八版）
2	離魂奇遇	（八版）
3	困獸	（三版）
4	夜光	（三版）
5	神話世界	（六版）
6	妖偶	（二版）
7	四條金龍	（二版）
8	飛焰	（四版）
9	魔像	（四版）
10	鬼鐘	（四版）
11	通神	（四版）
12	蛇神	（四版）
13	火鳳	（四版）
14	異人	（四版）
15	怪頭	（四版）

奇幻系列

△1	轉世	余　過著	（五版）
2	隔世冤	寬　齋著	（三版）
△3	殘酷蜜月	余　過著	（五版）
4	陰陽證	寬　齋著	（三版）
△5	重返前生	余　過著	（四版）
6	鬼惑	商魂布著	（二版）
7	公主墳	史國艮著	（二版）
8	追魂劫	商魂布著	（二版）
9	血誘	寬　齋著	（二版）
□10	血雨艷桃紅	張　宇著	（四版）
□11	十世仇	張　宇著	（二版）
12	老床	史國艮著	（二版）
13	電話追命	商魂布著	（二版）
14	鬼太郎	寬　齋著	（二版）
15	鬼日記	余無語著	（二版）
16	寡婦咒	靈　子著	（一版）
17	屋邨猛鬼錄	李大幫著	（二版）
18	鬼拳王	余無語著	（二版）
19	鬼爺爺	商魂布著	（一版）
20	卜命	寬　齋著	（二版）
21	鬧房	史國艮著	（一版）
22	鬼妾	寬　齋著	（二版）
23	最後的化粧	高　青著	（一版）
24	蘭桂坊夜話	余無語著	（二版）
25	屍戀	靈　子著	（一版）
26	腐屍還陽	寬　齋著	（一版）

＊即將出版

△見余過四人夜話系列

□見張宇玄幻系列

張宇玄幻系列

1 血雨艷桃紅（四版）
2 十世仇（二版）
3 鬼媒（二版）
4 摸骨（二版）
5 戲班（一版）
6 馬季開鑼（二版）
7 鬼臉（二版）
8 色鬼（二版）

余過四人夜話系列

1 轉世（五版）
2 殘酷蜜月（五版）
3 重返前生（四版）
4 偷魂（三版）
5 枕邊魔劫（四版）
6 殺頭遊戲（三版）
7 沒有腳的女人（三版）

多情系列

1 三生石　孔　昭著（二版）
2 今夜沒有約　嚴　沁　梁鳳儀等著（二版）
3 絕對討厭的女孩　羅穎思著（一版）
4 鬼城　賈平凹　梁鳳儀等著（二版）
5 女兒經　程乃珊著（一版）
6 雲水依依　夏小詩著（一版）
7 道是無情　汪曾祺　羅芙榮等著　梁鳳儀（一版）
8 燃燒彩虹　孔　昭著（二版）
9 魔少年　吳敬子著（一版）
10 月夜傳奇　孔　昭著（二版）
11 再見茉莉　孔　昭著（二版）
12 紫女　孔　昭著（二版）
13 過把癮就死　王　朔著（一版）

嚴沁浪漫系列

1 夏之迷惑（二版）
2 無情谷（四版）
3 也是重逢（二版）

4 盈雪（二版）
5 長街（二版）
6 沉沉黑夜（二版）
7 燈火闌珊處（二版）
8 不死的夢（四版）
9 餘情未了（二版）
10 玻璃命（二版）
11 此岸彼岸（二版）
12 該不該讓他知道（二版）

寫眞小說系列

1 還似無情　張寶兒著（二版）
2 嫁後　張寶兒著（二版）
3 撲蝶　張寶兒著（一版）
4 回首已三生　張寶兒著（二版）
5 塵緣　張寶兒著（一版）
6 婚姻大事　張寶兒著（二版）
7 又是曾經　張寶兒著（二版）
8 花不迷人　張寶兒著（一版）

＊即將出版

奇案系列

1 撕票　林蔭著（一版）
2 千里追兇　捍衛者著（一版）
3 城市戰爭　捍衛者著（一版）
4 重案傳眞　捍衛者著（一版）

推理系列

1 重殺　施雨著（一版）
2 噬人　笹澤左保著　林敏生譯（一版）
3 丸之岬奇案　吳民民著（一版）

實用系列

1 兩餸一湯(一)　李曾鵬展著（五版）
2 居室風水　芳草軒著（四版）
3 風水新講場　宋韶光著（七版）
4 兩餸一湯(二)　李曾鵬展著（三版）
5 家庭實用療方　李南著（二版）
6 家事錦囊　李陳雅賢著（二版）
7 職業婦女三餐樂　蔡麗容著（二版）
8 斗換星移說命運　戴添祥著（二版）
9 法律八寶飯　毛錫强著（二版）
10 猴年運程　蔡興華著（二版）
11 生意經　李寶光著（一版）
12 名厨巧手菜　陳東著（二版）
13 靈測玄機　阿樂著（三版）
14 兩餸一湯(三)　李曾鵬展著（三版）
15 九二年加國移民指引　霍子孟著（二版）
16 鐵板神數趣談　阿樂著（三版）
17 吃雞百變法　蔡麗容著（二版）
18 清潤湯水　李南著（二版）
19 實用抗癌藥膳　常敏毅著（二版）
20 法律小錦囊　毛錫强著（二版）
21 滋補粥品　戴麗嫦著（二版）
22 改變生命的密法　邱彰著（一版）
23 家事萬靈通　李陳雅賢著（二版）
24 豆腐百變法　蔡麗容著（二版）
25 保健素食精選　丁元義著　王龍驤等編（二版）
26 涼拌美食　戴麗嫦著（二版）
27 吃蛋百變法　蔡麗容著（二版）
28 親親孩子心　初子著（二版）
29 風水百答　宋韶光著（五版）
30 瓜類百變法　蔡麗容著（一版）
31 調味料妙用法　戴麗嫦著（一版）
32 做個大方女人　張瑪莉編（二版）
33 教你睇風水　正翁著　余無語編訂（二版）
34 一味三食　馮金陵著（二版）
35 滋味海鮮餐　戴麗嫦著（二版）
36 淡水魚百變法　蔡麗容著（二版）
37 妙語連珠　宋韶光著（一版）
38 鷄年運程　蔡興華著（三版）
39 秋冬火鍋煲仔菜　馮金陵著（二版）
40 親親孩子心(二)　初子著（二版）
41 名人命理　盧恒立著（二版）
42 甜品百變法　蔡麗容著（二版）
43 改變婚姻的密法　邱彰著（一版）
44 三元九運論風水　盧恒立著（二版）
45 懷舊菜譜　馮金陵著（一版）
46 Keep Fit 甜品　戴麗嫦著（一版）
47 命轉乾坤話風水　戴添祥著（一版）
48 新意家常菜　李曾鵬展著（二版）
49 情場衆生相　林淑霞著（一版）
50 四柱八字話名人　盧恒立著（一版）
51 養顏妙品　戴麗嫦著（一版）

＊即將出版

梁媽媽快樂家庭系列

1 Fit到盡 （二版）
2 辣到跳 （一版）
3 兒童麵點 （二版）

名家系列

1 冬雨 王蒙著 （一版）
2 男男女女 王安憶 張辛欣等著 （一版）
3 小人物自述 老舍著 舒乙編 （一版）
4 風過耳 劉心武著 （一版）
5 冰心九句文選 冰心著 （二版）
6 表姐 王蒙著 （一版）
7 藍夜叉 劉心武著 （一版）
8 裸雪 從維熙著 （二版）
9 小販世家 陸文夫著 （一版）
10 活佛 高澍著 （一版）
11 柏克萊傳眞 陳若曦著 （二版）
12 走出細雨濛濛 陳若曦著 （二版）
13 關於女人 冰心著 （一版）
14 關於男人 冰心著 （一版）

15 老舍英文書信集 老舍著 舒悅譯註 （一版）
16 說眞話的文學 巴金等著 （一版）
17 情知不是件 蔣子龍著 （一版）
18 世故人情 張愛玲 賈平凹等著 （一版）
19 空巢 從維熙著 （一版）
○20 川端康成散文選 川端康成著 （一版）
21 炮打雙燈 馮驥才著 （一版）
22 殺星 劉心武著 （一版）

智慧系列

1 墨趣 謝宏中著 （一版）
2 箴言精選（增訂版） 何文滙著 （一版）
3 王子復仇記 何文滙著 （一版）
4 論道德的起源 尼采著 周紅譯 （一版）
5 藍田日暖 蔡炎培著 （一版）
6 藝壇藝談 徐子雄著 （一版）

漫畫系列

1 六韜 王宣銘著 （一版）
2 智囊 王宣銘著 （一版）
3 三十六計 王宣銘著 （一版）
4 黃石公三略 王宣銘著 （一版）

經濟日報叢書

1 高官厚錄 陳毓祥等訪問錄 （二版）
2 力爭上游 姜趙玉蓮著 （二版）
3 人生網絡 麥華章著 （一版）
4 自強不息 姜趙玉蓮著 （一版）

名門望族系列

1 列根夫人與星象學 秋紅著 （一版）
2 香港女富豪列傳 方曉雲著 （二版）
3 富豪第二代 韋昌汶著 （一版）

＊即將出版　　○與百花文藝出版社聯合出版

投資企管系列

1 香港股票投資勝着　譚廣流著　（五版）
2 炒蚊股致勝術　古鎮煌編　思敏著　（三版）
3 股票入門　鄧曾瑞紛著　（三版）
4 中國投資手册　初保泰著　（三版）
5 九十年代推銷術　燕冬著　古鎮煌編　（二版）
6 賺錢與花錢　古鎮煌著　（三版）
7 英國地產投資指南　燕冬著　古鎮煌編　（二版）
8 小國投資創富　任枝明著　（二版）
9 東歐投資先鋒　張志誠著　（三版）
10 投資啟示錄　錢炳恩著　（二版）
11 中外合營投資效益分析　蒲明書著　（二版）
12 中國外銷樓盤大全　韋昌汶著　（二版）
13 外滙投資致勝術　思敏著　古鎮煌編　（一版）
14 中國投資稅收顧問　馬國賢　張華國編著　（一版）

散文系列

1 不甘寂寞　邵國華著　（二版）
2 八方羣英　岑逸飛著　（一版）
3 廣告高興坊　潘啟迪著　（一版）
4 過眼雲烟　林洵著　（一版）
5 兩談食性　王亭之　姚香雄著　（一版）
6 倪震的心　倪震著　（一版）
7 你不是我最好的朋友　鄭世安　林竺霓著　（一版）
8 彷彿是昨天　黄霑著　（三版）
9 妙不可言　朱維德著　（一版）
10 奇聞異錄　可飛著　（一版）
11 兩重腳跡　王亭之著　（一版）
12 二水集　梁鳳儀　舒非　林洵著　（一版）
13 外交趣聞　徐行舟編著　（一版）
15 芳草遍地　陳左洱著　（一版）

＊即將出版

梁鳳儀散文系列

1 財來自有方（七版）
2 誰可叮嚀（三版）
3 再戰江湖（三版）
4 不記當年（三版）
5 心想事成（三版）
6 勝者爲王（三版）
7 一言驚醒夢中人（三版）
8 行政秘笈（四版）
9 這就是梁鳳儀（三版）
10 在商言商（三版）
11 海峽兩岸的梁鳳儀（三版）
12 辦公室手册（二版）
* 13 有錢萬事足
* 14 女兒有淚不輕彈
* 15 大男人與小女人

梁鳳儀財經小說系列

1 醉紅塵（十七版）
2 九重恩怨（十五版）
3 花魁劫（十七版）
4 信是有緣（十六版）
5 鎖清秋（十三版）
6 悃悵還依舊（十版）
7 飛越滄桑（十版）
8 異邦紅葉夢（十版）
9 笑春風（十版）
10 昨夜長風（十三版）
11 誓不言悔（十版）
12 激情三百日（十版）
13 花幟（十六版）
14 强人淚（十一版）
15 今晨無淚（十一版）
16 誰憐落日（十一版）
17 抱擁朝陽（八版）
18 紅塵無淚（八版）
* 19 世紀末的童話
* 20 洒金箋
* 21 當時已惘然
* 22 有鳳來儀
* 23 不再歸航
* 24 大風暴
* 25 還我公平
* 26 灔藍天
* 27 西風逐晚霞
* 28 天債
* 29 裸情
* 30 心濤
* 31 殺戮情緣
* 32 大家族

* 即將出版

親愛的讀者們：

希望你們會喜歡勤十緣出版社的書籍。我們努力從事出版事業，若要有理想成績，必須獲得你們的支持、指導和勉勵！

尊重讀者的意見是我們工作的宗旨，因為沒有你們的關懷，我們不可能進步。懇請你們把以下的表格填寫，剪寄：香港鰂魚涌華蘭路14號益新工業大廈18樓B座，勤十緣出版社收。

我們也會定期跟讀者保持聯絡，向你們報導有關本港暢銷書的出版情況、勤十緣出版社的新書以及聯同屈臣氏書店或香港各大書店舉辦的讀者活動。敬祝

身心愉快！

梁鳳儀

一九九二年六月一日

敬請讀者填寫以下表格（請以英文正楷填寫）

巡寄：香港鰂魚涌華蘭路14號益新工業大廈18樓B座勤十緣出版社收

姓名：＿＿＿＿＿＿＿＿

性別：＿＿＿＿＿＿＿＿　年齡：＿＿＿＿＿＿＿＿

地址：＿＿＿＿＿＿＿＿

＿＿＿＿＿＿＿＿

電話：（公司）＿＿＿＿＿＿＿＿

（住宅）＿＿＿＿＿＿＿＿

傳真號碼：＿＿＿＿＿＿＿＿

意見：＿＿＿＿＿＿＿＿

＿＿＿＿＿＿＿＿

勤十緣出版社